大活字本シリーズ

好きになった人

梯 久美子

《上》

埼玉福祉会

好きになった人

上

装幀　巖谷純介

文庫版まえがき

本書は、エッセイ集『猫を抱いた父』の文庫版です。文庫化にあたって新原稿を追加し、章立てとタイトルを変えています。

単行本を文庫化する際には巻末に「文庫版あとがき」をつけることが多いのですが、タイトルを変えての刊行なので、まったくの新著と思って買ってしまう方がいては申し訳ないと思い、巻頭に文庫版のまえがきをつけることにしました。

私の職業はノンフィクション作家で、その前は雑誌ライター、その前は編集プロダクションの経営者、さらにその前は、ある企業で秘書をしていました。本書に収録したエッセイをあらためて読み返すと、月並みではありますが、たくさんの人たちと出会う中で自分が作られていったことがわかります。本書のタイトルを『好きになった人』としたのは、自分について語ることはすなわち、自分が好きな人について語ることなのだと気づいたからです。

雑誌ライターの時代から人物ドキュメントを多く手がけ、自然な流れで評伝を書くようになりました。最初の単行本が、太平洋戦争の激戦地・硫黄島の総指揮官、栗林忠道中将の評伝だったこともあり、それから数年間は、戦争の時代を生きた人たちの取材を続けました。そのうちに、もうこの世にいない人でも、その人が書き残したものを通して出会えることに気づき、以来、有名無名の人たちの手紙や日記、草稿などを手に取って読んできました。本書には、そんな出会いについて書いた文章も収めています。

人を取材して書く、というのが私の仕事の基本ですが、それは対象を素材として扱うことであり、言ってしまえば「ネタ」にすることでもあります。この人を書きたい、と思う動機は、私の場合はいつも「好き」という気持ちですが、好きになった相手をネタにしてしまうことへのうしろめたさがつきまとうのも事実です。

ここまで書いていいのだろうか、そんな資格が私にあるのだろうかと悩み、それまで自分には無縁だと思っていた、物書きの「業」のようなものをつきつけられたのは、作家の島尾敏雄夫人であるミホさんの評伝『狂うひと――「死の棘」の妻・島尾ミホ』を書いたときです。

何度目かのインタビューで、当時八十六歳のミホさんが「そのとき私はけものになりました」と唐突に話し始めたとき、背中がぞくりとしました。それは『死の棘』の発端となった、情事が記された夫の日記を読んだ瞬間についての告白でした。言葉の意味を頭で理解する前に身体が反応するということが、取材者としての人生の中に三回だけありますが、そのうちの一回がそのときで、背骨を戦慄が駆けあがりました。

その後ミホさんは亡くなり、遺族の了解を得て彼女の古い日記や手紙、メモ、草稿などを整理していたとき、夫婦で精神科の閉鎖病棟に入院していたときの彼女の日記のノートが出てきました。その記述は昨日書かれたかのように生々しく、「けものになりました」という言葉以外、ほとんど綺麗事しか話さなかった晩年のミホさんよりもずっと彼女自身だと思いました。

遺族の了承を得たとはいえ、本人が生前に明かさなかった話を書いてもいいのかと迷いながら、女性としての苦しみを誠実に苦しみぬいた『死の棘』時代のミホさんを、どうしても文章にしたいと思いました。そして、インタビューから十一年をへて、私はミホさんの評伝を刊行することになります。

本書の第一章の「骨を洗う」は、ミホさんを取材するため、二〇〇五年に初めて奄美大島を訪ねたときのエピソードですが、実はこれは私が初めて書いたエッセイです。「骨を洗う」の次にある「ヌンミュラ、ウシキャク、浦巡り」は文庫化にあたって新たに収録したもので、ミホさんの故郷の加計呂麻島の紀行文です。これは『狂うひと』の刊行後に書いた、今のところ一番新しいエッセイで、今回、私の希望で、ミホさんについて書いた新旧の二本を並べて収録しました。

本書は私にとって思い入れの深い本で、文庫化を心から嬉しく思います。筑摩書房の井口かおりさん、そして、単行本のときに編集してくださった求龍堂の清水恭子さんにお礼を申し上げます。

二〇一八年五月

梯久美子

目次

好きになった人

I　うちの閣下——戦争を書く

少女たちの「ひろしま」——石内都の衝撃

それは、ここ数年のうちに手にしたすべての本の中で、もっとも衝撃的で、強く心を揺さぶられた本だった。

写真集としては小ぶりなA5判サイズ。表紙に使われているのは、ピンクの小花柄のスカートの写真である。沢山のギャザーでふくらませたシルエットが可愛らしい。ティーンエイジャーの女の子に似合いそうな、お洒落《しゃれ》なデザインだ。しかし、全体に古びて汚れており、よく見ると、ところどころに破れもある。

このスカートの持ち主は、昭和二十年八月六日、広島で被爆し、亡くなった。写真のスカートは、そのときにはいていたものである。

写真集のタイトルは『ひろしま』という。広島で被爆死した人たちが、その日、身につけていたものを、写真家・石内都《いしうちみやこ》が撮影している。

靴や眼鏡などもあるが、ほとんどが衣服で、若い女性のものが多い。ジョーゼットのワンピース。水玉模様のブラウス。赤とブルーのチェック柄のワンピースの襟は白い綿レースで縁取られ、きもの地で仕立てられたと思われるワンピースには共布のくるみボタンがついている。どれもていねいな手仕事である。

戦前、女性たちが着ていた服のほとんどは、既製品ではなく手作りだった。収録された写真には、繕われた跡の残る服も多くある。

これらの服は、広島平和記念資料館に保管されている約一万九千点の遺品の一部だという。それを写真家は、明るい自然光の下で、あるいはライトボックスの上に置いて光を透過させて撮っている。

撮影は二〇〇七年。六十年以上の間、暗い収蔵庫に眠っていた服たちが、かつて持ち主が着ていたときと同じように、明るい陽を浴びたのである。

この写真集を見たときに私が衝撃を受けた理由は、写真がとても美しかったことである。

焼け焦げ、ちぎれ、しみがついてはいるが、どの洋服もほんとうにきれいなのだ。工夫されたライティングが、あざやかな柄や、布地のテクスチャーを繊細に映し出している。

「被爆死した人の遺品を、こんな美しく撮ってしまっていいの？」

それが、私の正直な感想だった。

戦死あるいは戦災死した人の遺品は、戦争の悲惨さを現在に伝えるものでなくてはならない。悲しみと怒りを呼び起こし、反省をうながし、追悼の思いをかき立てるものでなくてはならない。――戦争の取材に携わってきた私には、どこかにそんな思い込みがあったのだろう。この写真の美しさは、ほとんどタブー破りであると感じた。

この写真集を撮った写真家・石内都は、一九四七（昭和二十二）年生まれの女性である。二十代後半で写真を撮り始め、三十二歳で写真界の芥川賞といわれる木村伊兵衛《いへい》賞を受賞。以後、さまざまな賞を受賞し、国内外の多くの美術館に作品が収蔵されている。現代の日本を代表する写真家の一人だ。

二〇〇九年の春、都内で石内氏のトークライブが行われることを知り、出かけてみた。彼女は、美大で学んだのは写真ではなく染織だったという話をしていた。幼い頃から布が好きで、その美しさに惹《ひ》かれていたのだという。

あのように繊細に布を撮影することができたのはそのためだったのかと納得したが、一方で、あの写真の美しさは技術だけの問題ではなく、美しく撮るという明確な意志があったように思われてならなかった。

トークライブの後、参加者たちと流れたイタリアンレストランで、石内氏と隣の席になった。私は『ひろしま』の感想を話し、あんなふうに美しく遺品の写真を撮るのは勇気の要ることだったのではないか、と訊いた。すると彼女は言った。

「そんなことないわよ。だって、あの洋服たち、もともとは、もっともっときれいだったんだもの」

私ははっとした。

そうなのだ。あの服たちは、資料館の収蔵庫の暗がりに最初からあったわけではない。灯りを絞った展示室の分厚いガラスケースの中で、修学旅行生たちにこわごわとのぞき込まれるために仕立てられたのではない。少女たち・女たちの身体を包み、皮膚に触れていたのだ。そのときは、もっとずっと美しかったはずだ。

彼女たちは、はじめから犠牲者だったのではなかった。陽の光の下で生きていたのだ。いまの私たちと同じように――。石内氏の言葉は、そんな当たり前のことに気づかせてくれた。私は、結局は歴史史料、あるいは自分がものを書くときの資料としてしか、あの洋服たちを見ていなかったことを、あらためて思い知ったのである。

「女性ならでは」という言葉を、私は極力使いたくないと思っている。けれどもこの写真に関して言えば、やはり女性だから撮れたものではないかと思う。

石内氏が撮った写真からは、服というものに対する愛情が伝わってくる。きれいな布を見たときの、触れてみたいという思い。装うことへの憧れ。祖母や母たちが輝いて見えた、よそ行きの着物やワンピースの記憶――。原爆の閃光を浴び、思いがけずその織り目に歴史を刻んでしまった洋服たちを、史料として見る前に、女性たちが大切に着た服として見る視点が、この写真集にはある。

残酷な歴史を物語る史料としての陰影がいったん消され、服が本来持っていた美しさがよみがえったとき、それらを着ていた人たちの気配が、歴史の闇の中から立ち上がってくる。そのときはじめて、彼女たちが悲惨な死を死んだという事実だけでなく、死の瞬間まで、ていねいに営まれていた日常があったのだということが、実感をもって伝わってくるのである。

この本に収められているのは、服と小物の写真だけで、人間は一人も写っていない。キャプション（写真の説明文）も一切付されていない。それなのに、「ひと」の存在が、見る者に強く迫ってくる。

母親が娘のために縫ったと思われる花柄のワンピースの写真からは、これをまとって息絶えた少女の華奢な手足が見えるような気さえしてくる。最後のときに人間の肌が直接触れていた布には、見えない刻印のように、その人の存在が記されるのだろうか。

ところで、昭和二十年八月のあの朝、広島の女性たちは、こんなにきれいなワンピースやブラウスを着ていたのだろうか。そんなことが許されたのか。

これは、この写真集を見た人の多くが感じる疑問であろう。戦争の真っ最中だったあの当時、女性はみんな、もんぺをはいていたのではなかったか。

その疑問の答えに出会ったのは、石内氏の写真集、『Infinity８身体のゆくえ』（求龍堂、二〇〇九年）の巻末にある解説（京都造形芸術大学の林洋子氏による）に、こんな一文を見つけたときである。

「太平洋戦争末期の広島で洋装が主流だったわけではない。モンペ姿が強いられた日常で、その下にお気に入りの服をこっそり着込んだ娘たちがいたのである」（林洋子「石内都《Mother's》《ひろしま》――『肉親の喪失』という影」より）

そうか。そういうことだったのか。だからあの朝、彼女たちは、あんなにきれいな服を着て死んでいったのか――。はじめて知ったこの事実は、深く胸にひびいてきた。

生命の危険にさらされた戦時下でも、彼女たちはお洒落がしたかったのだ。誰に見せるためでもなく、自分自身のために。それは、若い女性ならではの、ちょっとした遊び心だったのだろうか。それとも、殺伐とした日々の中で、せめて美しいものを肌に触れさせていたいという、切実な希求から来るものだったのか。

どちらだとしても、よく分かる気がした。六十数年の時間をこえて、彼女たちが急に身近になったように思った。

広島に行ったことは一度しかない。平和記念資料館も見学したが、ガラスケースの中に並んだ遺品たちは、「悲惨な過去」という名の暗がりの中にひっそりとおさまっているようで、正直言って遠く感じた。

この場所で起こった事実があまりに凄惨すぎて、自分に引きつけて考えることが恐ろしかったのかもしれない。

そんな私が、広島の死者と自分をつなぐ回路を、思わぬところで見つけた気がした。

ひめゆりの硯《すずり》

一年前から書道を習っている。きっかけは、女友達とのおしゃべりの中で「筆で手紙を書けるようになりたいね」という話になったことだ。彼女は新進の服飾デザイナーで、海外進出の話が進んでいる。日本女性のたしなみとして書道を身につけたい、礼状や季節の挨拶状を筆で書けたらどんなにいいだろう、という。

私の場合はもう少し現実的だ。原稿はパソコンだが、取材依頼の手紙は万年筆で書く。人並みはずれて筆圧が強い上に何度も書き直しをするので、手首が痛み、肩がばりばりに張る。あるとき思いついて筆ペンで書いてみたら、手首に負担がかからず具合がいい。問題は字があまりにも稚拙なことだった。

数日後、彼女から「いい先生が見つかったの。うちのオフィスで教えてもらいましょう」と電話があった。知り合いに声をかけると、数人のメンバーが集まった。みな仕事をもつ女性で、それぞれに忙しいスケジュールを算段し、月に一度、青山のビルの一室で稽古をする。

先日のこと、遅れてきたメンバーの一人が墨をすっていた。たまたま目をとめた先生が「まあ、あなた、何をなさってるの」と珍しくかん高い声を上げる。先生は七十代後半の女性で、たいへん上品な方である。

その彼女は、硯の手前側の平らな部分ではなく、奥の池のようになった部分で墨をすっていた。

「そんな斜めになったところではすりにくいでしょう？」と先生。彼女は「いえ、けっこう大丈夫ですよ」と答えながら、水の中に固形墨を突っこんで、じゃぶじゃぶとかき回すようにすっている。先生に正しいすり方を指導された後、彼女は私に小声で訊いた。

「ねえ、こうやってするって、最初のときに習ったっけ？」

常識だから教えなかったんじゃないの、と答えると「そうか常識かぁ」と落ち込んでいた。彼女は三十代で起業し、十数人の社員を持つやり手のビジネスウーマンである。

私は私で、硯が汚いのを叱られた。

「毎回、きちんと水洗いなさらないといけません。硯は石でできていますから、水につけると生き生きしますよ」

帰宅して、言われた通り丁寧に硯を洗いながら、半年ほど前に沖縄のひめゆり平和祈念資料館で見た硯を思い出していた。ひめゆり学徒隊の遺品である。

戦場に動員されるとき、女生徒たちは最小限の私物しか持っていかないよう命じられた。彼女らの多くが日記帳や愛読書、櫛《くし》などを持参したが、中に硯を持っていった少女がいた。書道が得意な子だったのだろうか。戦後、壕《ごう》の中から見つかった硯が、資料館に展示されている。縁の欠けた大きな硯である。

茶色く煤《すす》けているのは、土砂に埋もれていたせいだろう。持ち主は丁寧に洗ってから持参したに違いない。少女たちは、生きていれば、私の書道の先生と同じ年頃である。きっと硯を大切にしていたはずだ。

学徒隊の少女たちは、戦場のまっただ中に連れて行かれるとは知らず、学校生活の延長だと思って教師とともに出発したという。動員先でも稽古ができると信じていたのかと思うと、何とも言えない気持ちになる。少女はあの硯で、一度でも墨をすることがあったのだろうか。

宮城さんと西銘さん――沖縄戦跡紀行

私は運転免許を持たないので、地方に取材に行くと、タクシーのお世話になることが多い。印象に残っている運転手さんが何人かいるが、中でも、沖縄で出会った西銘宜二夫《にしめぎにお》さんという運転手さんのことは忘れがたい。

沖縄戦で看護学徒として最前線に動員された宮城巳知子《みやぎみちこ》さんの話を聞きに沖縄を訪れたのは、二〇〇六年の九月のことだった。沖縄の女子学徒隊といえば、映画にもなった「ひめゆり学徒隊」がよく知られているが、戦場に送られたのは彼女たちだけではない。

当時、沖縄には九つの女学校があった。そのうち、沖縄師範学校女子部と沖縄県立第一高等女学校の生徒で編成されたのが「ひめゆり学徒隊」である。あまりにも有名になったひめゆりの名に隠れてしまっているが、そのほかの女学校の生徒たちも最前線に動員され、それぞれに通称があった。宮城さんが在学していた沖縄県立首里高等女学校の学徒隊は「ずゐせん学徒隊」と呼ばれていた。全部で六十一人。うち、三十三人が亡くなっている。

ずゐせんは人数が少なかったこと（ひめゆりは二百二十二名）や、引率教師がおらず、生徒だけで戦場に送られたことなどから、記録がほとんど残っていない。生き残った宮城さんは、このまま忘れられてしまっては亡くなった級友たちがあまりにも可哀想だと、「ずゐせん学徒隊」を語り継ぐ活動をしている。

この宮城さんのもとを訪ねたときに乗ったタクシーの運転手が西銘さんだった。七十歳を少し過ぎた年齢で、たくましく日に焼け、明るい声で話す礼儀正しい人だった。三時間後に迎えに来てくれるように頼んで宮城さんにインタビューを始めた。

麻酔なしで、のこぎりで足を切断される兵の手足を押さえる手伝いをし、動けない兵に毒薬を注射するよう命じられた。米軍によって壕にガスが注入され、あまりの苦しさに包帯で首をくくって死のうとした友だちもいた――。

そんな壮絶な話をするときも、きりっとした口調を崩さなかった宮城さんが、涙声になったのは、負傷兵を背負って壕から壕へと移動する途中、離ればなれになっていた同級生と偶然会ったことを話してくれたときだった。その同級生は、膝から下の肉がちぎれて骨が見えていた。それでも一人で歩いていたという。とどろく艦砲に追われ、「戦争が終わったら会おうね」と言って別れたが、二度と会うことはなかった。どこでどのように亡くなったのか、いまもわからない。

「なんであのとき、その足はどうしたの、とひとこと訊いてあげなかったのか。それが心残りで……。あのあと彼女は、怪我の手当てもされず、ひとりぼっちで死んでいったのでしょう。どんなに怖くて、さびしかったか……」

話を聞き終わって、宮城さんたちが転々としたという壕の跡を訪ねてみようと思った。宮城さんは足が悪く、同行してもらうことはできない。迎えにきた運転手の西銘さんに、宮城さんから壕の場所を説明してもらい、西銘さんのタクシーで廻ることにした。

ナゲーラ壕、識名《しきな》壕、米須《こめす》壕。三か所の壕の跡を探したが、当時とは地形も変わっていて、容易には見つからない。強い日差しが降り注ぐ中、西銘さんは「暑いから、あんたは降りんでいいよ」と言って、何度も車を降りて近所の人に尋ねてくれた。

ナゲーラ壕は丘を背にした草地にあり、西銘さんが「ハブが出ると危ないから」と先導してくれた。識名壕は、住宅街の、家と家にはさまれた細い路地の奥にあった。ここは特にわかりにくく、たどり着くまでに西銘さんが道を尋ねた人は十人を下らないだろう。

最後の米須壕は、畑の中にあった。しゃがんで手を合わせると、私の斜め後ろで、西銘さんも手を合わせていた。ナゲーラ壕でも識名壕でもそうだった。一歩下がったところで、首筋に汗を滲ませ、目を閉じて静かに祈っていた。

なぜここまで熱心に壕を探してくれたのかはわからない。沖縄戦のとき十歳だったという西銘さんに、どんな戦争体験があるのかは聞きそびれてしまった。


夕暮れが迫る中、最後に南部戦跡にある「ずゐせんの塔」に行った。ずゐせん学徒隊の慰霊碑である。すぐそばにある「ひめゆりの塔」には、大きな献花台からこぼれ落ちるほどの花束が供えられているのに対し、こちらには一輪の花もなく、ずいぶん前に誰かが供えたらしい古ぼけたコンパクトが置かれているだけだった。ここでも西銘さんと二人で祈った。

敷地内に繁る木の陰で休憩した。この木の名はクファデーサーというそうだ。墓地に植えられることが多く、人間の泣く声で成長するという伝説があると、西銘さんが教えてくれた。

手紙の力――栗林中将と管野スガ

ＮＨＫの昼のトーク番組で、俳優の森本レオさんが母親の思い出を語っていた。

東京で俳優の仕事を始めたばかりのころ、名古屋に住む母親から書留が着いた。中身はお金と短い手紙だったという。その実物を森本さんはスタジオに持ってきていた。小さく折りたたんだ一万円札が、ちり紙に包まれている。手紙は、小さな紙片にほんの三行ほど、カタカナで書かれてあった。寒くなってきたからセーターでも買いなさい、という内容である。

一万円札は三枚あった。いまから四十年近く前のことだから、三万円は大金である。森本さんによれば、当時の母親は、歯がすり減って板のようになった下駄を履いていたという。苦しい生活の中から送ってくれたお金と知っていたから、もったいなくて使えなかったそうだ。

画面には一瞬しか映らなかったが、お札と同じように小さくたたまれた紙片の文字が目に残った。何でもない文面が、いまはもういない人の肉声をよみがえらせる。何十年ぶりかにその紙片を開いたという森本さんは涙ぐんでいた。

手紙のすごいところは、筆跡や紙の手ざわりや匂いなどから、書かれた文章の意味以上のものが伝わってくることだ。昭和史にかかわるノンフィクションを書いている私は、取材の過程で、すでにこの世にいない人が書いた手紙を手にとって読む機会が数多くある。すると、時間と空間を一瞬とびこえて、その人の「何か」にふれた気持ちになる。それは心にさざ波が立つような、不思議で少し怖ろしい感覚である。

雑誌のライターをしていた私の単行本デビューは四十三歳。太平洋戦争末期の激戦地、硫黄島《いおうとう》の最高指揮官だった栗林忠道中将の評伝である。戦争映画も見たことがなく戦記物も読んだことのなかった私が軍人の話を書くことになったきっかけは、一通の手紙だった。

それは硫黄島に着任した直後、夫人に宛てて書かれたもので、遺書のような内容である。末尾に三項目の追伸があり、そのひとつに「家の整理は大概つけて来た事と思いますが、お勝手の下から吹き上げる風を防ぐ措置をしてこなかったのが残念です」と書かれていた。ある本でこの手紙を見つけた私は、二万人を率いて戦った五十二歳の軍人の最後の心残りが、台所のすきま風だったことの意外さに、心をひかれたのだった。

その本の編集者に連絡をとってみたところ、ほかにも硫黄島からの手紙が多数あるという。遺族を紹介してもらい、見せていただけることになった。ご子息の家に保存されていた硫黄島からの手紙は全部で四十一通。そのすべてを手にとって読ませてもらった。

縦罫《たてけい》の入ったB5サイズの陸軍の用箋。二行分のスペースに三行ずつ書かれているのは紙の節約のためで、裏面も文字で埋まっている。あまり質のよくない紙は黄ばんでざらざらしていたが、鉛筆書きの文字はインクのように色あせることがないのか、いまも黒々としていた。

遠い島で死んだ軍人が六十年近く前に書いた手紙に、いま自分がふれている不思議さ。あとでゆっくり読んだときには妻子への愛情あふれる文面に涙したが、そのときは書かれている内容よりも、手紙という「もの」の持つエネルギーのようなものに圧倒された。

誰かが強い思いを込めて手をふれたものには、その人の気配のようなものが残るのかもしれない。その日から私は栗林という人の魅力にとらえられ、長い時間をかけて彼の生涯を追いかけることになったのだった。

四十一通の手紙の中には、受け取った夫人が、文章の一部を黒く塗りつぶしているものがあった。紙を光に透かすと、かろうじて元の文字が読み取れる。消されていたのは、栗林がそれまでに自分が書き送った手紙を「遺書」と呼んでいる部分と、自分の死後の墓について指示した部分だった。夫人にとって辛すぎる言葉だったのだろう。栗林が書いた文字に重ねられた黒く太い線は、かすかにふるえているように見えた。

百年前に死んだ女性革命家の手紙を手にとったのは、この夏のことだ。

一九一〇（明治四十三）年、天皇暗殺を計画したとして、幸徳秋水《こうとくしゅうすい》ら社会主義者がいっせいに検挙された。世にいう大逆事件《だいぎゃく》である。翌年十二名が死刑となったが、現在では事件の多くの部分が政府当局によるでっちあげだったことがわかっている。

死刑になった社会主義者の中に、ひとりだけ女性がいた。もと新聞記者でクリスチャンの管野《かんの》スガ、二十九歳。首謀者とされた幸徳秋水とは、ともに暮らす恋人同士だった。秋水は事件に無関係だったが、社会主義者の大物だった彼を当局は首謀者に仕立て上げようとしていた。取り調べを受ける中で当局の意図を察知したスガは、朝日新聞の記者に宛てて、獄中から秋水の無実を訴える手紙を出している。

「爆弾事件ニテ私外《ほか》三名

近日死刑ノ宣告ヲ受ク
ベシ御精探ヲ乞フ
尚《なお》幸徳ノ為メニ弁ゴ士
ノ御世話ヲ切ニ願フ
　六月九日
彼ハ何モ知ラヌノデス」
自分の死刑は覚悟の上で、秋水を救うために弁護士をつけてほしいと頼んでいる。最近になって発見されたこの手紙を見るため、保管されている千葉県我孫子市の教育委員会をたずねた。わざわざ足をはこんだのは、この手紙がとても変わった方法で書かれていることを新聞記事で知り、直接見てみたいと思ったからだ。

手紙の現物は、小学生が習字に使う半紙のような薄い紙だった。一見するとただの白紙で、何も書かれていないように見える。だが光にかざすと、無数の穴が浮かび上がる。針であけたと思われるごく小さい穴で、その集まりが文字を形作っている。つまりこれは、針文字で書かれた手紙なのだ。

スガが針文字を使ったのは看守の目をのがれるためだった。取り調べが続いているころ、外部とのやりとりは一切禁じられていたのである。手紙は、出獄していく同房の囚人に託して持ち出されたらしい。封筒の宛名はスガの筆跡ではなく、外部の誰かが代わって投函したと考えられるという。

スガの願いはむなしく、秋水も死刑となった。ふたりの処刑の日は一日違いで、秋水の翌日、同じ絞首台でスガも息絶えている。スガは処刑の直前、毅然として「われ、主義のため死す。万歳」と叫んだという説と、脚がすくんで動けず、両側から二人の看守が抱くようにして絞首台に上らせたという説がある。

我孫子市の教育委員会では、職員の方が机の上に手紙の現物を置き、「どうぞ」と言ってくれたが、すぐには手に取ることができなかった。取り調べの際、スガは拷問を受けていたという。そんな中、どんな思いでこれを書いたのだろうと思うと、死を覚悟した彼女が一文字一文字針で綴った手紙に、無関係な自分の指紋をつけてしまうことはためらわれた。

けれどもやっぱりふれてみたい。好奇心と、取材者としてのエゴである。ふれる権利はないという思いと、ふれることでその人を理解し、よいものが書けるはずだという思いがこういうときいつも交錯する。

紙の端を持っててのひらに載せた。わずかな空気の動きにもふわりと舞い上がってしまう頼りなさ。しかし、こまかく穿《うが》たれた穴のひとつひとつに、いまもスガのエネルギーが残っているようだった。

書かれてから百年もたつというのに、手紙には黄ばみもシミもなく、純白のままだった。受けとった記者は事件とのかかわりを怖れてか、手紙を公表しなかった。それでも捨てることはできなかったのだろう、他の手紙の間にはさんで保管されていたという。きれいなままなのは、まったく光が当たらないまま眠っていたからなのだ。

手紙がたどる運命は本当にいろいろだ。目にしみる白さが、まっすぐに生きてたった二十九歳で死んだスガの象徴のようで、なんだか切なくなった。

六十年分の慟哭《どうこく》

八月は、死者の季節である。近所の公園から盆踊りの太鼓が聞こえてくると、この一年の間に旅立った人のことが思い出される。

取材で知り合い、強い印象を受けた女性が、五月に亡くなった。江川光枝さん、享年九十四。太平洋戦争末期の激戦地・硫黄島で夫を亡くし、その後、女手一つで三人の子供を育てあげた人である。

硫黄島の総指揮官だった栗林忠道中将の評伝を書いていた平成十七

年二月、知人の紹介で、岩国市に住む彼女に会いに行った。九十代とは思えぬ生気にあふれ、「こんなふうに年齢を重ねられたら、どんなにいいだろう」と思わせる、知的でユーモアのある人だった。

光枝さんの夫、江川正治さんは、昭和十九年六月、四十四歳で召集された。当時、大阪市内にあった住友銀行松屋町支店の次長だった。

私が光枝さんを訪ねたのは、硫黄島からの夫の手紙を多数保管していると聞いたからだ。スクラップブックに丁寧に整理された手紙は、全部で二十八通あった。

子供たちにあてた全文ひらがなの手紙があり、妻を励ます手紙がある。その一通一通を、光枝さんはノートに丁寧な字で書き写していた。

夫が残した言葉を繰り返しかみしめつつ、戦後の日々を生きたことが伝わってきた。

スクラップブックと一緒に、小さな和紙の包みがあった。中に入っていたのは、正治さんが出征するときに残していった遺髪である。目にした瞬間、思わず胸を衝《つ》かれた。白髪が交じっていたのである。四十四歳という年齢で戦地に送られたという事実が、実感として迫ってきた。当時、三十歳を過ぎると「老兵」と呼ばれたという。

日本軍はすでに、若く壮健な兵士を集めることが難しくなっていた。硫黄島の守備隊は職業軍人や現役兵はごくわずかで、多くが全国からの応召兵であり、妻子ある中年の兵士も多かった。

光枝さんのもとに戦死公報が届いたのは、昭和二十一年六月だった。遺骨を引き取りに来るように書いてあり、役場に行った。しかし渡された白木の箱の中には、夫の名前が書かれた木片があるだけだった。

「帰り道、その箱を抱いて歩いていたら、何とも言えない気持ちになって――。〝こんなもの！〟と、家の前の海に投げ捨てました」

それまでの知的で穏やかな語り口が、〝こんなもの！〟だけ一変した。こちらが思わずたじろぐほど激しい口調だった。

光枝さんは生前、献体の手続きをしていたため、七月になってからお別れの会が開かれた。ひまわりの花に囲まれた遺影は明るい笑顔だったが、見つめていると、あの日の〝こんなもの！〟という声がよみがえってきた。

あの一瞬の激しさは、胸の奥に押し込めてきた六十年分の慟哭が、ほとばしったもののように思えてならない。

遺された歌に思う

イルクーツクという地名を、長いことイクルーツクと間違えて覚えていた。昔から私は外国の地名に弱い。オーストリアとオーストラリア、どちらがヨーロッパでどちらが南半球の国なのか、一瞬混乱してうろたえることもある。

けれども、いちど見聞きすると、なぜか忘れない地名たちがある。戦地となった場所の名である。

ペリリュー。アンガウル。メレヨン。耳になじみのない、めずらしい地名。世界地図をひろげても、虫眼鏡が必要なほど小さい字でしか記されていない。

ビアク。コヒマ。ミイトキーナ。もちろん行ったこともなく、どんなところなのか見当もつかない。なのに、その響きが強く心に刻まれて消えることがないのはなぜなのか。数年前から戦争について調べ、書くという仕事を始めた私は、不思議に思っていた。

『この果てに君ある如く』（中央公論社、一九五〇年）という本を古本屋で見つけたのは、一年半ほど前のことだ。副題に「全国未亡人の短歌・手記」とある。雑誌『婦人公論』が昭和二十四年に、いわゆる戦争未亡人から短歌と手記を募集した。あとがきによれば、集まった短歌は約四千二百首、手記は約三百九十篇。その優秀作が収められている。短歌の選者は、窪田空穂《うつぼ》、斎藤茂吉《もきち》、釈迢空《しやくちようくう》、土岐善麿《ときぜんまろ》の四氏である。

カビエングの椰子の葉陰も歩みしか遺品の靴ゆこぼれ落つる砂
嶺岸うめ子

幾千の兵逃げのびしモンジヤンの曠野になどか君ののこれる
前田志摩子

その骨は拾ふすべなしシッタン河の砂一握を骨とするてふ

大饗蓮華

斎藤茂吉が秀歌として取り上げ、選評を加えた十首のうち三首を引いた。いずれも戦地の名が詠み込まれている。これらがどんな土地なのか、私は知らない。おそらく、歌を詠んだ妻たちもそうだったろう。夫がその場所で斃《たお》れることがなければ、一生、耳にすることさえない地名だったはずだ。

数百万もの日本人が、ふるさとを遠くはなれた見知らぬ地で命を落とし、遺骨さえほとんど帰らないという事態が起こったのは、それまでの歴史になかったことだ。遺された家族は、少ない情報と乏しい知識をたよりに、愛する者の肉体がそこで朽ち、大地の一部となった場所に何度も思いをはせたに違いない。ここに引いた歌の中で妻たちは、夫が絶命し横たわった土の感触を感じようとし、最後に見た風景を見ようとしているかのようだ。

妻、父母、兄弟姉妹、そして遺児。遺された者たちが死者を思ってつぶやくとき、戦地の名は、ただの記号であることをやめ、唯一無二の響きを帯びる。呪詛《じゅそ》となり、あるいは祈りとなる。

ああそうなのか。半世紀以上前に刊行された本の、日焼けした頁をめくりながら、私は少しだけわかった気がした。

自分にとって縁もゆかりもない戦地の名が、書物の中からそこだけ立ち上がってくるように見え、その後も頭にやきついて消えることがないのは、その言葉の上に積み重ねられた人々の強い思いがあるからではないか。

うまゆきてへいたいゆきてみどりこき大地につよくむぎのいろみゆ　小方菊太郎

白き蝶を捕らんとしつつ塹壕の草にまひるの夢さめにけり　大長光達男

バナナをば街路におきて物思ふ少年のあり頬杖つきて　本田眞一

一方これらは、戦地にあって兵士たちが詠んだ歌である。中国の広東で昭和十四年から十九年まで発行された雑誌『兵隊』に投稿されたものから引いた。

ここには戦地の情景が詠まれている。描写は具体的で、あたかも目に見えるようだが、地名は出てこない。ほかの掲載作品も同様である。

今まさにその場所にいる兵士たちにとっては、目に見え耳に聞こえるものをうたえばいいのであり、地名を詠み込む必要はない。戦地の名が特別な響きをもつのは、生き残った者が見知らぬ場所と縁をつなごうとするときの、唯一のよすがであるからなのだろう。

それにしても、と思う。なんと多くの人々が、あの戦争を、そのなかを生きる自分を、短歌という形式に託してうたったことか。戦地では将軍から兵卒までが、銃後では老母から女学生までがみな歌を詠んだ。そしてそれは戦後も続く。

戦争に関するドキュメンタリーを書いている私のもとには、元兵士や遺族から私家版の手記や追悼文集などがしばしば送られてくるが、その多くに短歌が組み込まれている。また、戦後六十年以上を経たいまも、夏になると、戦争体験を詠んだ歌が新聞の短歌欄に数多く掲載される。有史以来、世界中で無数の戦争があったが、これほどおびただしい数の詩を生み出した戦いはなかったのではないか。

短歌という形式は、個人の思いを表現する役割しかなかったのではもちろんない。たとえば高位の軍人が、玉砕を前に詠んだ辞世。

身はたとへ沖縄の辺に朽つるとも守り遂ぐべし大和島根は

大田実（海軍少将・沖縄方面特別根拠地隊司令官）

国の為重きつとめを果たし得で矢弾尽き果て散るぞ悲しき

栗林忠道（陸軍中将・硫黄島総指揮官）

これらの歌は、自軍を代表しての社会に対するアピールであり、自分たちの戦いを歴史の中に位置づけようとするものでもある。

戦没学生の手記を集めた『きけわだつみのこえ』にも短歌が頻出する。岩波文庫版のあとがきによれば、この手記集の表題も、もともとは短歌からとられたものだという。題名を一般公募したとき「はてしなきわだつみ」という案を応募してきた人があり、そのかたわらに「なげけるか　いかれるか　はたもだせるか　きけはてしなきわだつみのこえ」という短歌が添えてあった。それが編纂者の目にとまったのだ。

この本の最後に収録されているのは、昭和二十一年五月二十三日、シンガポールのチャンギーで、ＢＣ級戦犯として二十八歳で刑死した元陸軍上等兵の木村久夫（実は無実であり、上官の罪をかぶったとされる）の文章である。愛読書の余白に記した長文の手記を、彼は十一首の短歌で締めくくっている。最後に置かれたのは次の二首である。

おののきも悲しみもなし絞首台母の笑顔をいだきてゆかん

風も凪ぎ雨もやみたりさわやかに朝日をあびて明日は出でなん

「処刑半時間前擱筆《かくひつ》す」とある。ここでは短歌が、遺言としての機能を果たしている。刑死という特殊な運命のなか、家族や友人に読まれることを前提に、それらの人たちを悲しませないようにとの配慮と、自分の最期の姿をこのような形で記憶にとどめてほしいという切ない意思が見てとれる。

短歌のリズムには、思考を停止させ、ある種の陶酔へと導く側面があることは否めない。だから戦争と短歌は緊密にむすびついたのだと批判もされてきた。しかし、歌人ではない普通の人々が詠んだ歌には、人生のぎりぎりの局面で選ばれた、やむにやまれぬ言葉の連なりがあり、そこに私は強くひきつけられる。

心のなかに収まりきれない思いがあるとき、それを言葉に変えて外にあふれさせることで、かろうじて生きられる。そんな人々が多くいた時代があった。そして、言葉となった思いを受け止める器として、短歌という形式がえらばれた。

戦中そして戦後と、生活に追われ、愛する者の死を悲しみ尽くすゆとりなどない日本人がほとんどだったろう。胸に抱えたままでは日々を生きてゆけない悲しみや怒り、虚しさ寂しさを預ける場所として、普通の人々の隣に、短歌はあったのではないかと思う。

妻の願い

先日、歌人の篠弘《しのひろし》さんと、短歌の雑誌で対談をした。テーマは「戦争と短歌」。私自身は短歌を作らないが、戦争の取材をしているので、戦時中に詠まれた歌にふれる機会が数多くある。その中で心に残った歌について話をさせてもらったのだが、この日、篠さんと私が持ち寄った歌の中で、共通している一首があった。

さがし物ありと誘《いざな》ひ夜の蔵に明日征《ゆ》く夫は吾《われ》を抱きしむ

成島やす子

探し物があるから一緒に蔵へ来てくれと言う夫。明日は出征する身の夫は、蔵の中で妻を抱きしめる。

おそらく家には親戚や近所の人たちが来て、出征を祝う宴がひらかれていたのだろう。夜は更け、二人で語り合う時間も、ふれあう時間も、もうない。探し物を口実に、夫はつかのま、二人だけの時間をもとうとしたのだ。なんと切なく美しい歌だろう。

この歌は、有名無名にかかわらず、昭和を生きた人の歌を広く集めた『昭和万葉集』（講談社、一九八〇年）に収められている。この歌の作者は専門歌人ではなく、歌集なども出していない。大正八年生まれとあるから、戦時中は二十代だ。「吾を抱きしむ」というのは、当時の女性としてはかなり大胆な表現だが、彼女はどうしても、夫に抱きしめられた瞬間のことを詠《うた》いたかったのだろう。はたして夫は、生きて帰ってくることができたのだろうか。

戦争というと遠い時代のことのように思えるが、こうした歌にふれると、当時の女性たちも、いまの私たちと変わらない気持ちで生きていたことが実感として分かる。違うところは、ふたりきりで別れを惜しむことさえ許されなかったことだ。出征は祝うべきめでたいことであり、戦死は名誉なこととされていたから、妻は人前では泣くこともできなかった。

『昭和万葉集』には、こんな歌も収められている。

生きて再び逢ふ日のありや召されゆく君の手をにぎる離さじとにぎる　　下田基洋子

この作者も大正八年生まれとあるから、まだ二十代の若い妻だった。「召されゆく」は召集令状が来て出征していくこと。当時、戦地に旅立つ人に「生きて帰ってきて」と言うことはタブーだった。万感の思いを込めて手を握ることくらいしかできなかったのだ。

戦争で夫を失った女性にインタビューしたことが何度かある。特に忘れられないのは、硫黄島で夫が戦死したという老婦人が話してくれたことだ。

硫黄島では二万人あまりの日本兵が亡くなっている。戦死率が九五パーセントに達する玉砕の島だ。その婦人が受け取った戦死公報（戦死したことを知らせる国からの通知）には、亡くなった日は昭和二十年三月十七日と書いてあったという。

実は、硫黄島で亡くなった人の戦死公報の死亡年月日は、全員がこの日になっている。総指揮官が、これから最後の総攻撃を行うと大本営に電報で知らせた日付である。実際には、誰がいつ亡くなったのかは分からない。ほとんど全員が死んでしまったから、国も調べようがないのだ。

「でも私は、うちの主人の命日は、二月十九日だと思っています。法事も毎年、その日にしてきました」

老婦人はそう言った。二月十九日は、米軍が硫黄島に上陸し、戦闘が始まった日である。

「せめて、最初の日に死んでくれていたと思いたいんです」

武器も食料も満足になく、特に飲み水が絶対的に不足していた硫黄島の戦いは、凄惨なものだった。

兵士たちは、いずれ全滅すると分かっていて、日本本土が空襲されて一般市民が被害に遭う日が一日でも遅くなるよう、何とかこの島で米軍をくい止めようとした。米軍は硫黄島を五日で占領できると予測していたが、実際には三十六日かかっている。兵士たちが飢えや渇き、怪我に苦しみながらも、死を急ぐことなく耐えて戦い続けたからだ。ほんとうに立派なことだが、肉親にとってはあまりにもつらい。

一日長く生きのびれば、その分、苦しみが長くなる。硫黄島はそういう戦場だった。だから老婦人は、夫の苦しみが少しでも短かったことを願って、戦闘初日を命日と決めたのだった。愛情のかたちにはさまざまなものがあるが、こんなに悲しい夫婦愛を知ったのは初めてだった。

つらい話になってしまったが、八月は終戦記念日のある月だ。少し前の時代に、夫と悲しい別れをした妻たちがいたことに思いをはせてみるのもいいのではないだろうか。

崖の上の女たち——石垣りんの言葉

好きな詩人は大勢いるが、五十の声を聞こうかという年齢になったいま、心ひかれる詩人は石垣りんである。大正九年に生まれ、十四歳で銀行に事務見習として就職。働きながら詩を書き、定年まで勤めあげた。平成十六年に八十四歳で亡くなっている。晩年の写真を見ると、ツイードのジャケットにベレー帽の似合う、きりっとした美しい老女である。

その石垣りんに『崖』という作品がある。

戦争の終り、
サイパン島の崖の上から
次々に身を投げた女たち。

美徳やら義理やら体裁やら
何やら。
火だの男だのに追いつめられて。

とばなければならないからとびこんだ。

ゆき場のないゆき場所。
（崖はいつも女をまっさかさまにする）

それがねえ
まだ一人も海にとどかないのだ。
十五年もたつというのに
どうしたんだろう。
あの、
女。

まさにこの詩に描かれた情景を、米軍が撮影したフィルムで見たことがある。断崖の土を蹴り、棒のようにまっすぐに落ちていったモンペ姿の女性——。

サイパン島で暮らしていた民間人は、戦火に追われて島の北端にある岬にたどり着き、そこで命を絶った。自決のための手榴弾を持たない者は、崖から身を投げた。その多くが女性と子供だった。

彼女たちはなぜ飛び降りなければならなかったのか。捕虜になるよりは自決せよと教えられていたからだと、高校のときの歴史の教科書には書いてあった。「ひどい。やっぱり戦争ってやっちゃいけないよね」。そんなふうに高校生の私は思ったはずだ。そうしてそれ以上考えるのをやめ、まもなく忘れた。

去年はじめてこの詩を読んだとき、あの人たちはまだ一人も海にとどいていないという言葉に衝撃を受けた。

いまも自分の死を死ぬことができないでいる女たち。その中には、私の母の世代の少女もいたはずだ。サイパン戦当時、私の母は十歳。この詩を書いた石垣りんは二十四歳だった。

この崖は、サイパン島の北端にあるマッピ岬だ。私もここに立ったことがある。

かつて移民としてサイパン島で暮らした沖縄出身の人たちによる慰霊祭が岬の近くで行われ、その取材をした私は、「私の目の前で、姉がここから飛び降りたんです」という女性に会った。そのとき六歳だったという。

ジャングルを逃げる途中で父とはぐれ、母は目の前で撃たれて死んだ。昭和十九年七月七日、姉と二人、追いつめられてここへ来た。大勢の人が目の前で身を投げ、姉は「一緒に飛び込もう」と言った。けれども彼女はそうしなかった。「お父さんはきっと私を探している。待っていなければ」と考えたのだ。あとでわかったことだが、父はそのときすでに亡くなっていた。姉は彼女の目の前で身を投げたが、波に打ち上げられ、崖下に潜んでいた日本兵に助けられた。

その日、崖の近くの山林からは、人々が号泣する声が高く低く、波のように響いてきたという。当時十代だった男性の話である。ときおり手榴弾が爆発する音が聞こえ、モンペ姿の女たちが、ひとかたまりになって崖に走り寄るのを見た。赤ん坊を抱いている人もいたという。

平成十七年、慰霊のためにサイパン島を訪れた天皇皇后両陛下が、この崖の上に立った。そのとき皇后が詠んだ歌がある。

いまはとて島果ての崖踏みけりしをみなの足裏《あうら》思へばかなし

〝をみな〟とは女性のことである。

あの日、もうどこにも行き場がないと、中空に踏み出した女たちは、いまどこにいるのか。どこかへたどり着くことができたのだろうか。

土にしみこんだ血——バンザイクリフにて

南の島が好きな私は、若いころ、何度かサイパンを訪れている。安宿に泊まって朝早くから海に出かけ、砂浜で日光浴をしたり、浅瀬でシュノーケリングをしたりして過ごした。

物書きになり、戦争の取材をするようになってからは、取材でサイパンを訪れるようになった。一枚の絵をバッグに入れて行ったのは、平成十八年の夏のことだ。藤田嗣治《つぐはる》の戦争画「サイパン島同胞臣節を全うす」の複製である。この年、巨匠フジタの初めての大規模な回顧展が全国三か所で開かれ、それまであまり一般の目に触れることのなかった戦争画が公開された。その回顧展の図録から切り取ったものだった。

この絵は、島の北端、のちにバンザイクリフと呼ばれることになる崖の上の情景を描いている。昭和十九年の夏、多くの日本人移民が暮らすこの島に米軍が上陸してきた。サイパンの戦いでは、軍人だけではなく民間人も多数犠牲になっている。追いつめられた人々の多くが、この崖から身を投げた。藤田の絵には、敗残兵らしき人々も描かれているが、中心となっているのは、死を前にした女性や子供たちの姿である。人形を抱いた少女、最後に髪をくしけずる女性、泣き叫ぶ赤ん坊……。

この絵の舞台になったバンザイクリフを訪れたとき、印象的な出来事があった。

崖には、大きな慰霊碑がいくつも海に向かって並んでいる。そのいくつかに手を合わせ、タクシーを待たせていた駐車場に戻る途中、少し離れた草むらの中に、自然石で作られた小さな碑やお地蔵さんが集まっている一角があるのに気づいた。

さっきお参りしてきた大きな慰霊碑とは違い、いかにも個人が建てたものという感じがする素朴なものばかりで、朽ちかけているものや、風雨にさらされて、刻まれた文字が読めなくなっているものも多い。

これらの碑に、草花を手向けている人がいた。たくましく日に焼けた、Tシャツ姿の小柄な老人で、旅行者のようには見えない。話しかけようか迷ってチラチラと見ていたら、視線が合った。思い切って、つたない英語で話しかけてみたら、日本語で答えが返ってきた。この島の先住民、チャモロの男性であった。これらの碑を誰が建てたのかも、どんな人を祀《まつ》ってあるのかも知らないが、近くに住んでいるので、ときどき祈りにやって来るという。

彼の父親は、日米の戦闘に巻き込まれて命を落としたそうだ。もともとサイパンはチャモロの人々の島だった。平穏な生活を奪った者たちのために祈るのはなぜなのか——話を聞くうちに湧いてきた私の疑問を感じ取ったのか、彼はふいにこんなことを言った。

「ここで死んだ人たちの骨は、もうここにはない。でも、骨は持ち帰ることができても、血は持ち帰ることができない」

ここで流された血は、今もここに、この土地にしみこんでいると彼は言った。その血によって、自分たちの土地と死者は今もつながっている。だから、自分は祈るのだと。

日本人は、遺骨を大切に考える民族である。私もこれまで、硫黄島をはじめいくつかの戦地を訪れたが、まだ収集されていない遺骨があることを知ると胸が痛む。何とかしてふるさとに帰すことができないものかといつも思うのだが、「土にしみこんだ血」に思いを致すことはなかった。

しかし、この島では大地が死者を記憶するのだ。骨が運び去られ血が乾いてもなお、大地と分かちがたく結びついて生きている人々は、自分たちの土地で斃《たお》れた人々と、こうして縁を結んでいる。

あの戦争のおびただしい死者を、私たちは日々忘れていく。しかし、はるか海の向こうで、異国の死者の魂を、大地ごと抱きとるようにして暮らしている人々がいるのである。

背負い真綿

「背負い真綿」をご存じだろうか。真綿を薄く広げ、肩から背中に当てる、素朴な防寒衣である。キルティングなどの加工はされておらず、むきだしのままの真綿を使う。肌着とセーターなどの間にはさむようにして羽織るのだという。

私がこれを知ったのは、群馬県の桐生市に旅をしたときである。ある織物工房を訪ねる機会があり、そこの七十代のご主人が見せてくれたのだ。いまではあまり使われないが、昔は絹の産地ではよく見られたものだという。

真綿は生糸にできないくず繭《まゆ》で作った綿で、江戸時代に広まったもめん綿よりも歴史が古い。もめん綿に比べて軽く、独特の光沢とやわらかさがある。

「背負い真綿」はそのまま背中に当てて使用し、着脱用の紐などはついていない。ずり落ちないのですかと訊いたら、真綿は繊維が長く、独特のねばりがあるためずり落ちず、はがした後も繊維が残らないのだという。暖かさはいうまでもない。

三月下旬にしては寒かったその日、私は使い捨てのカイロを二枚、背中に貼っていた。寒がりな私には一年を通して旅の必需品である。

たいへん便利なものだが、「背負い真綿」のやさしい手触りに、同じ背負うならこちらのほうがずっといいと思った。きっと、幼いころ母と同じ布団で寝たときのような暖かさであるに違いない。

同じ工房で、真綿をつむいで織ったベストを見せてもらった。糸は太めで、ざっくりと織ってある。色は純白である。

「これは戦時中、少年飛行兵のために作られたものなんですよ」

絹織物がさかんだった群馬県や長野県で、戦時中に軍需品として作られていたのだという。納品前に終戦になり、そのまま各地の倉庫に残っていたものを、ご主人が蒐集したそうだ。

驚いたのは、軍需品のイメージからほど遠い、素朴な風合いだ。手《て》撚《よ》りであるため、糸に太いところと細いところがあり、それが、手編みのニットを思わせる独特の表情となっている。

「織ったのは、勤労動員の女学生たちだったそうです。少年飛行兵たちと同世代の少女たちですね」

手に取ってみると、「背負い真綿」と同じように軽くてやわらかかった。飛行兵たちはおそらく、防寒のため飛行服の下にこれを着たのだろう。上空は地上よりもずっと気温が低い。また、強くしなやかな絹の繊維によって身体を保護する役割もあったと思われる。

これを身につけて戦闘機や爆撃機に乗った少年たちの中には、特攻兵となった者もいただろう。ここ桐生市の生まれで、少年飛行兵出身の有名な特攻兵がいる。出撃直前に撮られた、子犬を抱いてほほえむ写真で知られる荒木幸雄。昭和二十年五月に沖縄沖で戦死したとき、まだ十七歳だった。彼も、このベストを着ていたのだろうか。

実は私の父も少年飛行兵だった。飛行兵学校の在校中に終戦となり、実戦経験はないが、もし何年か早く生まれていたら、これを着て、戦闘機や爆撃機に乗っていたかもしれない。

旅先で偶然出会った人やものに、何らかの縁を感じることが、最近多くなってきた。年齢を重ね、生きてきた時間が長くなった分だけ、かかわりのある事物が増えたからだろうか。そのおかげで若いころよりもいくらか重層的な旅ができるとしたら、歳をとるのも悪くない気がしている。

「小石、小石」

古本屋で作家の全集本がバラで売られているのを見つけると、書簡の巻だけ買ってくることがある。歴史上の人物の評伝などを読んでいても、手紙が引用されていると、つい付箋をはさんでしまう。つまり他人の手紙を読むのが好きなのだ。

私信は公開を前提にしていないので、その人の思いがけない素顔がかいま見える。私は歴史関係のノンフィクションを書くことが多いので、手紙は重要な資料でもある。そんなこんなで、これまで膨大な数の手紙を目にしてきた。

手紙についてのエッセイやコラムもずいぶん書いてきたが、先日、新聞に連載したコラムをまとめた『百年の手紙』（岩波新書、二〇一三年）という本が出た。二十世紀の百年間に日本人が書いた手紙を百通あまり集めたもので、有名人だけではなく無名の人の手紙も紹介している。校正のときに読み返してみて、胸を打つ手紙とは、文章のうまいへたには関係がないことを再確認した。

たった数十行の記述から、その人の人生はもとより、生きた時代まででが見えてくるのが手紙である。今回の本では恋人同士や夫婦間の手紙を数多く取り上げていて、つまりはラブレターなのだが、そこにもやはり時代が反映される。

　戦時中は、戦地の夫と留守宅の妻との間で手紙がやりとりされることが多かったが、逆に妻の方が戦地にいた場合もある。看護婦だった人たちは、女性でも召集されて戦場に行かなければならなかった。その中には、妻であり母であった人もいる。

「私はもうお手紙を書くと涙の種だから、止めようと思っておりましたが、ただ今お乳が張ったので妙子の写真を出して見て、とうとう筆を執りました。妙子は元気でしょうか。あの子のことを思うとどうしても泣けてしまうの」

　中国大陸に出征した諏訪としという日本赤十字社の看護婦が、自宅にいる夫に宛てた手紙である。後輩に当たる看護婦たちが、従軍した看護婦の手紙を集めて出版した『白の墓碑銘』(桐書房、一九八六年)という本で見つけた。

この本には夫が書いた返事も載っている。

「毎日、小生帰宅するごとに、妙子がチチ、チチと言う。抱いてやれば、ワイシャツの中の方に手を入れて、父チャンの小さな乳を見せれば得心する」

母の不在を理解できず、無心におっぱいを求める赤ん坊。この子を母親が抱くことは二度となかった。出征してからわずか二か月後に、マラリアと脚気《かっけ》で亡くなってしまったのだ。まだ二十八歳だった。

彼女が夫宛てに書いた手紙の末尾に、「小石、小石」と書かれているものがある。これは「恋しい、恋しい」という意味だと解説にあった。検閲がきびしかったため、当て字にしたのだという。

「いっしょにおりましたときは、いろいろと不足は言っておりましたが、それでも日本一好きな人でした。それが、こうして離れてみれば、もうもう世界一好きな夫になりました」

最後の手紙にはこう書かれていた。二年後、夫も召集されて戦死。子どもは父母の両方を戦争に奪われてしまった。

もう一通、胸を打たれた戦時中の手紙がある。鹿児島県の知覧《ちらん》女学校の生徒が書いたものである。知覧は陸軍の特攻基地のあった町で、女学生たちが掃除や洗濯など、特攻兵の身のまわりの世話をした。担当した特攻兵が出撃すると、彼女たちはその両親に、出撃の日付、すなわち命日を知らせる手紙を書いた。

中野ミエ子という十四歳の女学生が、岐阜県出身の岩井定好という伍長の自宅に手紙を書くと、折り返し父親から、出撃前の息子の様子を知らせてほしいという手紙が来た。彼女はもういちど手紙を書き、彼の最後の言葉を伝えた。

「なんと情け深い方でございましたでしょう。〝おれはお父母上を見たいが、又会ったら母がなげいて一週間ぐらい眠らないとかわいそうだから、もう会わない方がよい。自分は見たら死ぬだけだからよいが、後で思う人がかわいそうよ。死ぬまでに一目でもぱっと妹を見て死にたい〟と言っていました」

これは、私が知覧を訪ねたときに特攻平和会館で買いもとめた『群青　知覧特攻基地より』（高城書房出版、一九七九年）という本に載っていた手紙である。二十歳そこそこの特攻兵の〝一目でもぱっと妹を見て死にたい〟という言葉に涙したが、同時に、こんな手紙を、たった十四歳の少女に書かせることになった戦争の残酷さに怒りを覚えた。

ごく普通の女性たちが書いた手紙から、忘れてはいけない歴史が見えてくる。手紙の力というものに、あらためて思いをはせた。

うちの閣下――栗林忠道のテーラー

この夏も、高知から段ボール箱いっぱいの枇杷《びわ》が届いた。大きさも形もいろいろな実が、ひとつひとつ丁寧に紙に包んである。デパートで売られている粒の揃った枇杷と比べると、見てくれはいまひとつだが、食べてみると南国の日差しを思わせる野性的な味がする。

送り主は貞岡信喜さん。高知市の中心、はりまや橋のすぐ近くに住んでいる。十数年前に引退するまで、この街きってのテーラーだった。

引退後は郊外に畑を持って、野菜や果物を作っている。毎年甘い実をつける枇杷は彼の自慢の〝作品〟である。

二十代だった戦時中は、広東（現在の中国・広州）の南支派遣軍で、将校の軍服の修繕などを担当する軍属として働いていた。そのとき参謀長だったのが、のちに硫黄島守備隊の総指揮官として二万余の兵を率い、「五日で落ちる」と言われた島を三十六日間持ちこたえた陸軍中将、栗林忠道である。

兵士たちを大事にしたことで知られ、最期は〝名誉の自決〟を選ばずに、階級章をはずして部下たちとともに敵陣に突撃して果てたこの名将に、若い日の貞岡さんはたいそう可愛がられた。

栗林の評伝を書くために彼を直接知る人を探し歩いていた私に、貞岡さんを紹介してくれたのは、栗林の次女、たか子さんだった。

「子供の頃、よく遊んでもらいました。父が硫黄島に発った後も、疎開の貨車の手配など、力になってくださったんですよ」

栗林のことを聞きたい旨の手紙を出したところ「栗林閣下を好きな方なら、家族と同じです。いつでもお越しください」という返事をもらった。高知市の自宅を訪ねたのは、平成十六年の二月である。テーブルを挟んで向かい合うと、彼はこう切り出した。

「あなたから頂戴したお手紙は大変立派でした。が、ひとつだけ大きな間違いがあります。まずそれを申し上げておきたい」

ついさっき、夫人と一緒にバス停で出迎えてくれたときの人なつこい笑顔とはうって変わった真剣な顔つきである。

「あなたはお手紙の中で〝栗林中将〟と書いておられますが、それは間違っております」

栗林は死後、大将に昇進している。それを知らないわけではなかったが、軍人は一般に生前の階級で呼ばれることが多く、つい中将と書いてしまったのだった。

「すみません、ではこれからは大将と……」

そう言いかけた私を、貞岡さんは「いやいや」とさえぎった。

「功績からすると、大将でもまだ足らんと私は思うとります。二階級特進くらいでないと釣り合わん。でもそれだと元帥になってしまいますからなあ」

はっはっはと豪快に笑った貞岡さんは、真面目な顔に戻ると、おごそかに言った。

「これからは〝閣下〟とお呼びなさい」

貞岡さんは栗林のことを「うちの閣下」と呼ぶ。「うちの閣下は硫黄島で八か月間、三食とも兵卒と同じものを召し上がりました」「うちの閣下はたいそう男前で、脚もそれはすらりと長くておいでででした」という具合である。

戦後まもない頃、作家の山岡荘八が『小説　太平洋戦争』の取材のために貞岡さんのもとを訪れている。栗林の思い出を縷々《るる》語る貞岡さんに、山岡はメモの手を止め、けげんな顔でこう尋ねたという。

「……ちょっとうかがいますけれど貞岡さん、その〝うちの閣下〟

というのは、いったい何ですか?」

　戦時中は従軍作家としてあちこちの戦線を飛び回った山岡も、こんな呼び方は聞いたことがなかったようだ。この話をしてくれたとき、貞岡さんは困ったような顔でこう言った。

「でも、ほかに呼びようがないですからねえ。うちの閣下はうちの閣下なんです」

　栗林の思い出を聞いているうちに、この呼び方には、限りない敬意と家族のような愛情の両方が込められていることがわかってきた。

　二人が出会った昭和十六年、貞岡さんは二十四歳の軍属、栗林は五十一歳の少将だった。階級社会の最たるものである軍隊においては、天と地ほどの身分差である。しかし栗林は、自分の軍服のほころびを繕ったり、階級章やボタンを付け替えてくれる貞岡さんに、実に丁寧に接したという。

「軍属に応募する前、東京でしばらくの間、仕立屋の修業をしていました頃、先輩から英国の〝ゼントルマン〟というものについて教えられました。栗林閣下と初めてお会いしたとき、ああ、ゼントルマンとはこういう人のことかと感動いたしました。日本人離れした体格、身のこなし……。威張ることも怒鳴ることも一度としてなく、率直で快活な方でした」

貞岡さんが目をかけられたきっかけは、栗林が「誰かワイシャツを仕立てられるものはいないか」と言ったとき、ただひとり「私がやります」と申し出たことだった。ワイシャツは軍服ではないため、当時の軍属で仕立てられる者はいなかった。貞岡さんも経験がなかったが、内地から持ってきていた自分のワイシャツをほどいて型紙を作り、何とか完成させたのである。栗林は前向きさと創意工夫を重んじる人だった。

兵舎の庭で写真を撮ることになったとき、「せっかくだから貞岡も呼んでやろう」と言い、駆けつけるまで十五分も待っていてくれたこと。貞岡さんのくたびれた軍靴を見て、自分のを譲ってくれたこと。散髪も靴磨きもすべて自分でやっていたこと。病気になった兵士のために果物を買い、みずから軍病院に見舞っていたこと——。貞岡さんの話からは、階級や身分を超えて部下に接していた栗林の姿が見えてくる。

昭和十八年、栗林は中将に昇進し、東京の留守近衛第二師団の師団長となる。「お前も来るか」と言われ、勇躍、東京についていった貞岡さんだったが、翌年、栗林が硫黄島へ赴くことになったときは同行を許されなかった。「閣下のもとで死にたい」との一心で、横浜港から船に乗り、硫黄島の二七〇キロ手前にある父島まで追いかけていったが、「命を大事にせよ」と追い返された。

「おかげで今日まで生きとります」

そう言ったときの表情には、感謝とともに深い寂しさがあった。貞岡さんの胸の奥には、父のように慕った将軍に命を捧げたかった軍属の青年が、今も住んでいるのである。

貞岡さんからは三日間にわたって話を聞いた。驚くべき記憶力で詳細に語られたエピソードの数々は、平成十七年夏に上梓《じょうし》した栗林中将の評伝『散るぞ悲しき』（新潮社）に書いたが、取材の最後にひとつ印象な出来事があった。

　貞岡家の金庫に仕舞ってあった栗林の写真や手紙、葉書などを見せてもらったときのことだ。まず葉書の文面をカメラで撮影し、次に手紙を手にとって中身を読もうとすると「それは駄目です」と制止された。見ると封筒に「親展」の文字がある。

「うちの閣下が私のほかには読んでほしくないと思って書かれた手紙です。あなたに読まれては、閣下との約束を違《たが》えることになる」

　直筆の手紙は第一級の資料である。しかもこれまで貞岡さん以外誰の目にも触れていないのだ。ぜひとも読みたかった。「もう六十年以上経っているんですから、閣下もお許しになるのでは……」と説得してみたが、最後まで首を縦に振ってもらえなかった。

しかし意外に心残りはなかった。手紙を読むよりも、もっと栗林の人物像に近づけたかもしれないと感じたからだ。貞岡さんが見せた愚直なまでの忠誠心は、栗林がそれに値する人物であることを、雄弁に物語っていた。

最後の日、貞岡さんは「あんたはもう、うちの娘じゃきに、いつでも遊びにきなさい」と言ってくれた。思わず涙ぐみそうになると、「あんたの婿さんを探さにゃならんで、明日から忙しいわ」と笑った。

前夜、一緒にお酒を飲んだとき、四十を過ぎて独り身の私を心配し、家族を持つようにと繰り返しアドバイスしてくれたのだった。

別れ際に、夫人からこっそり封筒を渡された。バス停で手を振って見送ってくれた二人の姿が見えなくなってから開けてみると、「またおいでなさいね。これはお小遣いです」とあり、真新しい千円札が五枚入っていた。

栗林の生地である長野市を訪ねたのは、高知から戻って間もなくのことである。地元のテレビ局が以前、栗林の特集番組を制作したことを貞岡さんが教えてくれたのだ。

長野駅にほど近い居酒屋で、十年前、高知で貞岡さんを取材したというディレクターとカメラマンに会った。名刺を交換し、番組のビデオを頂戴した後、カメラマン氏が言った。

「そうですか、栗林閣下の本をお書きになるんですか。それは楽しみだなあ」

思わず彼の顔をまじまじと見つめてしまった。それに気づいたディレクター氏が「もしかして、あなたも？」といたずらっぽい目で訊いてきた。「〝閣下とお呼びなさい〟と叱られたクチですか？」

私が頷くと、二人は愉快そうに笑った。

「僕たち、十年たってもまだ〝閣下〟が抜けないんですよ。貞岡さん恐るべし、だなあ」

私もまた、今でも思わず「栗林閣下が……」と言ってしまうことがある。そのたびに、貞岡さんの「うちの閣下」を思い出すのである。

森崎和江さんへの手紙

――『森崎和江コレクション　精神史の旅3　海峡』によせて

森崎さん。初めてあなたにお目にかかった日から、もう二年半が経ちます。どうしても一度お会いしたくて、ある雑誌に人物ルポルタージュの企画を提案し、福岡県宗像《むなかた》市のご自宅を訪ねたのは、二〇〇六年の夏でした。

「わたしは植民地だったころの朝鮮半島で生まれたの。いまの韓国の、テグというところ……」

幼少期について質問したわたしに、あなたがそう語り始めたとき〝大邱《テグ》〟という文字が眼前に浮かびました。茶色い岩肌に、刻みつけるように太く、くっきりと書かれた黒い文字。数年前に訪れた長野県の松代《まつしろ》大本営跡の、地下壕の中で目にしたものです。

松代大本営は、太平洋戦争末期、空襲の激しくなった東京から大本営を移すために掘られた巨大な地下壕で、天皇の御座所もありました。完成前に終戦となり、結局、使われることはなかったのですが。

内部は広くまっすぐな通路が整然と走り、その両側に、いくつもの小部屋が作られています。少し歩くと、通路に面した壁に、小さなパネルが掲げてありました。奥の方の壁に書かれている落書きの写真だと、説明書きにありました。

そこに写っていたのは、「大邱府」「大邱」というふたつの言葉でした。朝鮮の人がふるさとの地名を書いたのだ。そう思い至ったとき、ぎゅっとしめつけられるような感覚が喉のあたりを走りました。

この地下壕の建設に動員された人々は、のべ六千人。その中には、朝鮮からの強制連行者も多くいたと、入り口の説明板に書いてありました。

土地の名は、それを舌に載せ、あるいは文字として書きつけたおびただしい人々の思いが積み重なることによって、唯一無二の響きを帯びます。戦争にかかわる取材をはじめてから、地名が万感の思いを込めて呼ばれる場面に、私は何度か立ち会ってきました。それは、夫や息子が斃《たお》れた南方の戦地の名であったり、満洲からの引き揚げの途中で、わが子が息絶えた村の名であったりしました。そのようにして知った地名は、耳慣れない変わった外国の地名であっても、なぜか忘れることがありません。

松代大本営の壁に「大邱」と書いた人が誰なのかは知る由もありません。果たして故郷に帰ることができたのか、それとも過酷な労働の中で命を落としたのか。

その文字は、怒りのようにも祈りのようにも見え、わたしの目に焼きつきました。そして、初対面の森崎さんの口から同じ地名を聞いたとき、あの力のこもった文字と、地下壕の暗闇がよみがえったのです。あなたの話の中身とは、何の関係もないのに。

いいえ、関係なくはないのですね。あの落書きを書いた人とあなたは、同じ大地にはぐくまれた者同士。あなたが暮らした頃、日本人は大邱を「たいきゅう」と呼んでいたそうですね。けれども、呼び方は違っても、呼び起こされる故郷の風景は同じだったのではないでしょうか。あのときあなたが発した言葉には、活字になった言葉よりもさらに強い喚起力がありました。さまざまな記憶や思いをよみがえらせ、過去と今、あの場所とこの場所を瞬時に結びつける、声の、語りの、力。

あなたは言いました。

「いま、こうしてあなたとわたしが語り合っている会話、話すそばから消えていく言葉たち、それが詩なのよ」

そう、たったひとつの地名が、あの日のあの場所では、そのままひとつの詩なのでした。あなたが発音した「テ・グ」というたった二音の語によって、のどかな光あふれる丘の上のあなたの家が、閉所恐怖症の気があるわたしを怯えさせた松代の暗い地下壕と、瞬時にしてつながったのです。

『海峡』と題されたこの巻に収録された文章を読みながら、あなたが旅先で出会ったさまざまな人々の声を、わたしは聞いていました。意味を読みとる前に、声が、語りそのものが、聞こえてくるのです。「霧島に抱かれた穏やかな風土」で森崎さんが旅をした土地は、わたしの両親の生まれ故郷です。わたし自身はそこで暮らしたことはなく、訪ねたのも二、三回にすぎません。けれどもここに出てくる人たちの語りに触れたとたん、ずっと前に亡くなった祖父母や、親戚の誰彼の顔が浮かび、その語調、息づかいまでがよみがえってきました。そうそう、こんなだった。こんなふうに話したんだった、わたしの父祖の土地の人たちは。

『まっくら』を読んだときのことを思い出しました。同じ九州弁でも、出身地によってわずかに違う方言の語り口が、絶妙に写しとられていました。最初に読んだとき、この書き手はきっと耳がよいのだろうと思いました。今はこう思います。書き手がただ言葉をきくのではなく、目の前にいる相手の全部に、耳をすませているからなのだと。

浜辺から浜辺、そして島へ。海がつなぐ土地を、信じられないほど遠くまで、あなたは出かけていきました。なぜ、何のために、とわたしはたずねました。

「植民地で生まれたわたしは、日本が、日本人が、わからなかった。日本の女としてあの地にもう一度立つには、ちゃんと日本人を知らないといけないと思った」

自分の命をはぐくんでくれたのは、朝鮮の大地であり空気であり、オモニたちの愛情であったと、あなたは繰り返し語りました。

心に何の傷も負わず、いつもお腹いっぱい食べて、自分たちの生活がそのまま侵略であることにまったく無自覚だった。だからいつか朝鮮に、ごめんなさいを言いに行きたかった、と。そのためには日本の女として生き直さなければならない。植民地の垢を洗い流して、一人の生活者として生まれ変わりたい。そして半島の人に謝りたい。

　では一体誰から、日本人であることを学べばいいのか――。本書に収録されている「故人ともども元気で」の中で、あなたは書いています。

〈わたしも自分にとっての母国がみえないまま、弟と夜明けまで、とぎれとぎれに語りました。孤独に耐えて尊敬できる日本を探そうね、と〉

　尊敬できる日本。それを、労働に生きる無名の人々の中に、あなたは探そうとした。その旅は、話を聞くための旅ではなく、出会った人たちの存在そのものを受けとめる旅だったのでしょう。だから、あなたが書き留めたかれらの言葉からは、意味が伝わるより先に、声が聞こえてくるのです。

炭坑の町の二軒長屋で暮らし始めた翌日、買ったばかりの箒《ほうき》が見あたらなくて、そうしたら近所のおばさんのところにあった。その人は平気な顔をして「人のもんはわがもん、わがもんは人のもんばい」と言った。翌日、家に帰ったら、誰かが割って持ってきてくれた薪が、いっぱい置いてあった――あなたはそんな話をしてくれました。

「あの人たちの言葉は表面的じゃない。自分で摑んだ言葉でしょう」

あちこちの土地で、出会った人の家に泊めてもらいながら、あなたは旅をしました。ある村で会ったおばあさんが「この間もあんたみたいな人が来たよ。ヤナギタクニオという人だった」と言ったそうですね。

わたしが森崎さんを訪ねたのは、秋田県の藤里町で、幼い子供が殺され、母親が逮捕される事件が起こった頃でした。

「藤里町というところはね、昔はあんなじゃなかったのよ」

そうあなたは言いました。それ以上のことをあなたは語りませんでしたが、普通の旅人が行かないようなところまで、あなたは出かけていったのです。生きるよすがを探して。

「ある土地で、草の上で舞踏があると聞いて見に行ったの。そうしたら、在日の方ばかりだった。〝あなた、一緒に踊る？〟と、踊りの輪に入れてくださって。くるりと廻って、白いスカートがふわっとなる。あれ、この踊り、どこかで……と思ったら、子供の頃、父といっしょに大邱川のほとりで見た踊りでした」

漁師さんの船に乗せてもらうのが好きだったのよ、ともあなたは語りました。宗像のご自宅から車で数十分走ったところにある、響灘《ひびきなだ》という美しい名を持つ浜辺で話を聞いたときのことです。

「だって気持ちがいいでしょう。ぜんぶ陸に残して、この身体だけで海に出て行く。船がこぎ出されると、気持ちがすーっと軽くなった。でもね、一度、間違えたことがあるの。旅先で、朝早く起きて浜に行ったら、漁に出る用意をしている人たちがいた。どちらに魚捕りに行くんですか、ときいたら、あんた乗りなさい、と言われて」

乗せてもらって海に出たら、遠く離れた浜に一人降ろされた。密漁の人たちだった——。

「わたしが邪魔だから、遠いところに連れて行ったのね」

何でもないことのように、あなたは言いました。

この話を聞いたとき、わたしははっと思い至りました。あなたがしてきた旅は、危険と隣り合わせのものだったことに。

あなたのおだやかな文章からは気がつかないけれど、それは無謀ともいえる危ない旅だったはずです。今から三十年以上も前に、知る人のいない土地、それも僻地《へきち》といわれる場所を、女が一人で歩いて廻ったのですから。

響灘に行った次の日、遠賀《おんが》川をわたって、あなたがかつて住んだ炭坑町、中間《なかま》に行きました。その帰りに峠道を車で通ったとき、あなたは、

「ここを昔、歩いて越えたことがあるのよ」

と言いました。今のような舗装道路のなかった時代です。危ないでしょう、怖くなかったですかと訊くと、あなたはさらりと言いました。「わたしね、いつ殺されてもかまわないって思っていたから」

あなたの旅は、命がけの旅だったのです。

早稲田大学の学生だったあなたの弟は戦後、「ぼくにはふるさとがない」「どこにも結びつかない」と言い、自死したそうですね。ふるさとを見つけられずに死んだ弟と、二人ぶんの命をかけて、あなたは旅をした。日本と、日本人と出会うために。

引き揚げてきて以来、朝鮮海峡のまんなかに、魂が宙吊りになっている気がしていた——あなたは何度かそう書いています。

日本中を旅して廻ったことで、その宙吊りの魂を引っぱり戻すことができたのですか。そうわたしが訊くと、あなたは言いました。

「これで〝日本のわたし〟に生まれ変わりました、と言えるまでにはなりませんでしたねえ」

宗像の丘の上にあるご自宅に戻り、壁一面の本棚を背にしたソファに座って、ゆっくりと歌うように語るあなたの声を聞くうちに、わたしはだんだん後悔し始めました。なぜ取材という名目なしに、ここを訪ねなかったのだろうと。

古びて座り心地のいいそのソファに、これまで座ったたくさんの人たちのことを思いました。あなたの文章を読んで、さまざまな土地から訪ねてきた見知らぬ人を、あなたはみんな受け入れてきたのでした。

生きていることが苦しくて、遠い土地からひとりでやってきた読者の若い女性を、この部屋に泊めたこともあるそうですね。そんな人たちのように、わたしも、ただ会いたいというだけで会いに来てもよかったはずなのです。

四十歳を過ぎるまで仕事ばかりしてきて、そのほかに取り柄のないわたしは、書くという名目がなければ、あなたを訪ねる勇気が持てませんでした。日本中、いろいろな場所を訪ね、たくさんの人に話を聞いてきたけれど、それは書くという前提があってこそできたことです。あなたのことを書きますよ、そのための取材ですよ、と相手にも自分にも宣言しないことには、相手に深く入っていくことができなかったのです。

そんなわたしのことを、ダイバーのようだね、と言った人がいます。短時間で水面に上がってこられることがわかっているからこそ、深く潜ることができるのだと。

ものを書く、とくにノンフィクションや評論を書くという仕事は、対象と適度な距離をとることが条件だといわれます。のめり込んではいけない。客観的な目を失ってはいけない、と。わたしも長いことそう考えて仕事をしてきました。

本当にそうなのだろうか、と思ったのは、森崎さん、あなたの著作を読んでからです。

書き手の人生そのものが紡ぎ出した、取り替えのきかない言葉がそこにはありました。ノンフィクションも評論も、息がかかるような距離で対象と切り結び、包み込み、ともに生きる中から生まれた表現に満ちていました。

寄せては返す波のように、揺らいではうねる感覚的な文章の奥に、強靭な論理性がひそんでいましたが、それは、社会を外から見て分析するのではなく、生身の人間とそこから生じる事象を、何とか理解しようと格闘した末に生まれたもののように思えました。

わたしがそれまでにお手本にしてきた、どんな文章とも違う肌触りが、森崎さんの文章にはありました。読み進むうちに立ち上がってくる、言葉では語りようもないものの気配。言語表現の限界を引き受けつつ、身体全体で感受するしかない世界の在処《ありか》を、あなたはゆるやかに指し示すのです。ここに書いてあることが世界なのではない。もっと豊かで広い場所がある。そこへ向けて踏み出しなさい。あなたの書くものからは、いつもそんな声がします。

何もかもを自分自身に引き寄せ、あるいはどこまでも歩み寄り、抱きしめるようにして書かれたその文章に、反発を覚えることもあります。書くということは、こんなふうに個人を晒《さら》し、「わたし」の立っている地点を、これでもかというくらいに確認しながら行うしかない行為なのか、と。

朝鮮に対する強い贖罪意識についても、わたしの世代の人間――昭和三十六年生まれのわたしは、森崎さんの子供の世代に当たります――には、本当のところ、理解できないのかもしれないとも思います。

何もそこまで全部引き受けようとしなくてもいいのではないか、と思ってしまうのです。

きりきりと痛みを伴うようなあなたの倫理観のあり方には、つい目をそらしたくなるような、ある種の怖れを感じることがあります。何をどう書くのか、ひとりの日本人の女としてどう生きるのかという、面倒くさくて気の滅入る問いを、時代も世代も超えて、突きつけられているような気がするのです。

取材をして書くということは、対象を素材として扱うこと、つまりは「ネタ」にすることです。うまく書こうと努力し、なんとか形にできたそのあとに、自分が対象を扱った手つきを思いかえし、一瞬、苦い思いがよぎることがあります。それをやりすごし、また次の仕事に向かうのです。

心惹かれるからこそかかわった人たちのことを書いて生活のたつきを得ることの後ろめたさ。書けば書くほどに、書いている自分と書かれている世界が分断されていく感覚。書くよろこびの裏側に、いつもへばりついているそんな不安に、正面から対峙していると感じた作家は、森崎さん、あなただけでした。

わたしは森崎さんの著作に出会うまで、「サークル村」の活動を知りませんでしたし、当時の炭坑の実態や労働運動についてもまったくといっていいほど知識がありませんでした。谷川雁《たにがわがん》や上野英信《うえのえいしん》という名前も、聞いたことがある程度でした。あなたが経てきた経験や思想から、ひどく離れたところにいるわたしに、ただあなたの書いたものだけが、時代も思想も超えて、届いたのです。

谷川雁や上野英信の文章も読んでみました。これまで知らなかった世界、そして思考のありかたに目をひらかれる思いでしたが、その経験はわたしにとって「歴史」を学んだということでした。けれども森崎さん、あなたは「現在」なのです。今を生きるために必要な何かを探して、わたしはあなたの文章を、繰り返し読んでいます。

骨を洗う――島尾ミホさんと奄美

この夏、奄美を旅したときに、不思議なものを見た。

あれはやはり、石棺、というのだろうか。ガジュマルの木と、丈の高い叢《くさむら》に囲まれた狭い空き地に、平べったい石を組み合わせて作った箱形のものが据えられていた。底は地べた、つまり土のままで、蓋にあたる部分は大きな一枚石である。

自然のままの石が使われているので全体の形はいびつで、石の合わせ目となる角の部分は、それぞれ大きく隙間が空いている。

ひとつの角から中をのぞき込んでいたら、ふいに雲が切れ、真昼の太陽が顔を出した。石の隙間から射し込んだ光を跳ね返して浮かび上がった丸いものは、人間の頭蓋骨だった。ぽっかりと空いた両の眼窩《がんか》がこちらを向いている。

よく見ると、それは甕《かめ》に入っているのだった。頭蓋骨の下には、他の部分の骨が重ねられている。

地元の人によれば、ここはノロとその一族の墓だという。ノロ（祝女）とは祭祀をつかさどる女性で、もともとは琉球王朝が奄美を支配下に置いた際、祭政一致を目的に地域ごとに派遣または任命したといわれている。一族の中でも、代々女性がその職務を引き継ぐことになっているが、今では血統が絶えてしまったノロ家が多いという。それにしても、なんとおおらかな葬り方だろう。石の板で覆われてはいても、こんなに隙間だらけでは雨ざらし同然である。しかも甕には蓋がされておらず、しゃれこうべがむき出しになっているのである。

しかし、いきなり死者と対面してしまったにもかかわらず、気味の悪さは少しも感じなかった。骨そのものが美しかったからだ。

この場所から三分も歩けば海に出る。海からの風と強い日射しに長い間さらされてきた骨は、風が吹くとからからと音をたてそうな乾いた白さだった。いつか写真で見たことのある、砂漠の砂に半ば埋まった野生動物の骨のようにも見え、浜辺に流れ着いた流木の木肌にも似ていた。

この世においてこれほど簡素で清潔な存在のしかたはないように感じられ、できれば自分もこんなふうに葬られたいと私は思った。そして、浜に打ち上げられた珊瑚のように、自分の頭蓋骨が白く崩れながら朽ちていくさまを、ひととき夢想したのである。

ここに葬られているのは、間違いなく洗骨をほどこされた骨だろう。奄美には少し前まで、土葬にした遺体を改葬するときに骨を水で洗い清める習慣があったという。

洗骨を行うのは葬ってから三年目、七年目、十三年目のいずれかとされ、きれいな川や海の水で骨を洗うのは、死者につらなる血縁の女たちの役目である。

私が洗骨のことを知ったのは、奄美生まれの作家・島尾ミホの作品集『海辺の生と死』のなかの「洗骨」という短編によってだった。

小川の中に着物の裾をからげてつかり、白くふくよかなふくらはぎをみせてうつむきながら骨を　洗っていたひとりの若い娘が、「おばさんが生きていた頃私はまだ小さくてよくおぼえていないけど、ずいぶん背の高い人だったらしいのね」と言いつつ足の骨を自分の脛にあててくらべてみせました。　（島尾ミホ「洗骨」より）

ここに描かれている死者との交歓の、なんと屈託なくのどかであることか。女たちは、「久方振りの沐浴だからきれいにしてさしあげましょう」などと賑やかにおしゃべりをしながら、手にした綿花で、ていねいに骨を洗ってゆく。

それを見ていた幼い頃の島尾ミホは、今は骨になっているこの人も、かってはここで先祖の骨を洗ったのだろうと想像し、自分もまたいつかはこのようにして骨を洗ってもらうことになるのだと、しみじみ思うのである。

島尾ミホのふるさと加計呂麻島《かけろまじま》では、骨を洗って改葬する日は、「トゥモチ」（遊びの日）という祭日ときまっていたそうだ。家々では赤飯を炊き、日が落ちると老人も子どもも晴れ着を着て広場で踊る。輪の外側では生者が、内側では死者が、ともに踊るのである。

踊りの輪の内側に踊っているおおぜいの亡き人々の霊魂に向かっ

て、なお生前の姿を見るかのように、現し身の人々は親しかったその名を呼びかわし、話しかけました。そして「それ、後生の人たちと踊り競べだ、負けるな、負けるな」と歌い、東の空に暁の明星が輝き出すまで踊り続けるのでした。もはや生も死も無く。（同）

命が連綿と続いてゆくそのつなぎ目のところに、生と死が撚《よ》り合わさった特別な時間と空間を、奄美の人々はもうけてきた。洗骨という行為は、そこでなされたのである。

今でも洗骨の習慣は残っていますか、と土地の人に聞くと、最近はまず見られない、土葬自体がもうほとんどなされていない、ということだった。

私の見た頭蓋骨は美しかったと書いたが、もしこれが、自然のままに朽ち果てた骨だったなら、おそらくそうは感じなかっただろう。

太平洋戦争の戦場となった島で、日本兵の遺骨収集をした経験のある人に話を聞いたことがある。骨を拾うとき、その人は、はめていた軍手をはずして素手になったという。置き去りにされた遺体がそのまま風化した骨は、かつては血であり肉であった有機物で表面がべたべたしており、軍手にくっついてしまうからだ。

焼かれもせず洗われもしない骨は、黄ばんでべたついている。自然の力だけでは、すべらかな白い骨にはならないのである。

人が美しく朽ちるには、他者の手が必要なのだ。独り生きて死ぬだけでは、この骨のような清潔な姿にはなれない——かつて神に仕えた女性の、生前の面ざしが偲ばれるような華奢《きゃしゃ》な骨格を見つめながら、つながりの中で生きて死んでゆくしかない人間というものの、なつかしさと切なさが胸にしみるようだった。

ふりあおぐと、すぐ後ろのガジュマルの木の枝に大きな蜘蛛の巣がかかっていた。見たこともないような完璧なかたちをした蜘蛛の巣の中心で、これまた見たことがないほど巨大な蜘蛛がこちらを見下ろしている。まるで墓を守っているかのようだった。

蜘蛛を美しいと思ったのも、このときが初めてである。

ヌンミュラ、ウシキャク、浦巡り──加計呂麻紀行

海峡をへだてて奄美大島と向きあう加計呂麻島《かけろまじま》の、深く切れ込んだ入り江の奥で、島尾敏雄は終戦までの十か月を暮らした。海軍の特攻艇「震洋《しんよう》」の部隊が置かれた呑之浦《のみのうら》である。

のちに島尾が「自分のからだを貫き通った或る信号と衝撃を受けた」「私の生存の回帰点」（昭和五十年「加計呂麻島呑之浦」）と回想することになる加計呂麻島は、奄美大島のすぐ南にある面積約七十七

平方キロメートルの小さな島だ。二つの島の海岸線は不思議に嚙み合う凹凸を持ち、島尾の言葉を借りれば「離れがたいのを無理に引きちぎったふう」（昭和三十年「加計呂麻島」）にも見える。保元の乱に敗れた源為朝が来島したとの伝説があり、滝沢馬琴の『椿説弓張月』にも登場する。

九州帝国大学を繰り上げ卒業して海軍予備学生となり、わずか一年の訓練で百八十余名の部下を率いる隊長となった島尾がこの島にやってきたのは、敗戦前年の十一月のことだった。基地の設営は隊員たち自身が一か月かけて行ったという記録が残っている。

私が初めてこの島を訪れたのは、平成十七（二〇〇五）年の秋である。奄美大島の中心地・名瀬にひとりで住んでいた島尾敏雄夫人のミホさんに会って話を聞いたあと、路線バスに小一時間ほど揺られ、奄美大島南端の港である古仁屋《こにや》から海上タクシーに乗った。

「ミホさんって、オノ・ヨーコみたいだったな」

海上タクシーの狭いデッキで、近づいてくる緑の島影を見ながら、同行した写真家の砂守勝巳さんが言った。

砂守さんは無口な人で、二人でいるときは私もあまりしゃべらなくてすむ。彼は海のほうを向いたまま、「目がおんなじだった」と付け加えた。

砂守さんは沖縄生まれだが、少年時代を母親の故郷の奄美で過ごしている。プロボクサーをへて写真家になったという異色の経歴の持ち主である。幼いころに生き別れた父を訪ねてフィリピンへ行き、再会するまでを撮った『漂う島　とまる水』で土門拳賞を受けていて、南の風景と人を魅力的に撮る人だった。当時は五十代の半ばで、沖縄に住んでいた。

さまざまな曲折をへて、このときから十一年後に私はミホさんの評伝を刊行することになるのだが、当初はそれほど長い時間を費やす仕事になるとは思っておらず、いいインタビューが取れたらどこかの雑誌に記事を売り込もうか、というくらいの気持ちだった。それには写真があった方がいいと思い、少し前に沖縄で一緒に仕事をした砂守さんに声をかけたのだった。

キャリアの長い砂守さんは、どこかでオノ・ヨーコを撮ったことがあったのかもしれない。名瀬の島尾家でミホさんが私と座卓越しに向かい合って話をしているあいだ、彼は部屋の隅に座り、彼女にカメラを向けていた。私はミホさんの声と言葉に集中していたが、砂守さんはファインダー越しに彼女の顔をずっと見ていたわけで、そのときに、なにかオノ・ヨーコと重なるものを感じたのだろうか。

——島尾の遺骨は故郷の福島に半分納めて、半分は奄美のこの家に……私のそばに置いています。それを毎晩抱いて寝ております。寝間着をちゃんと掛けて、床の中に連れてきて。私は寝相がいいものですから——島尾が『日の移ろい』の中で「ま上に向いたままからだをまっすぐのばし、両手も曲げたりはせず……」と書いていますけれど——遺骨があってもぶつかったりしないみたいですねえ。

うちにはクマという十五歳になるインコがおりまして、人間以上に人間の気持ちがわかる不思議な鳥なのですけれど、そのクマがよく「トシオ！」とか「トシオさま」などと言うんです。私が一日中、トシオトシオと言っておりますから、それを真似して。

私、島尾に話しかけるだけではなくて、島尾の台詞を自分が言って会話したりもするんです。そんなふうに暮らしておりますから、さびしいという気はあまりしません。いつも島尾がそばにいるという感じがいたします。

ミホさんは丁寧な言葉遣いでゆっくりと話した。書き起こせばそのまま原稿になる端正な語りである。夫の遺骨を抱いて寝ていることも、夫の台詞も自分が言って会話をしていることも、いま思えば異様ともいえる話なのだが、ミホさんの歌うような抑揚を聞いていると、すんなりとこちらの胸に落ちる感じがした。

ミホさんに砂守さんがオノ・ヨーコを重ねたことを当時は意外に思ったが、言われてみれば二人とも目に特徴のある人で、共通するものがある気がしないでもない。実は私もオノさんに会ったことがあるのだ。

エステサロンの広告からラジオ番組の構成まで、文章を書いてお金になることなら何でもやっていた二十代半ばのころ、テレビ局のイベントの企画書を書いた関係で、そのイベントに出席した彼女のアテンド役として半日間をいっしょに過ごした。いまから三十年も前の話である。

ミホさんはいわゆる目力のある人だが、それは磁力のようなもので、見つめられると、彼女のほうに引き寄せられるような感じがする。私が会ったときは八十六歳になっていたが、心理的にというより体感として、ツーッと引っ張られるような感覚におちいるのだ。オノさんにもそういうところがあって、彼女の目の印象はいまでも強く残っている。二人とも、目が合うと自分から視線を外すことをしない人だったので、なおさらそんな感じがしたのかもしれない。

島尾敏雄が加計呂麻島でのミホさんとの出会いを描いた「島の果て」（昭和二十三年）の中に、「その瞳を見たときに中尉さんは自分が囚われの身になってしまったことを知りました」という一節があるが、島尾はミホさんのあの目に、自分の運命ごと引き寄せられてしまったのかもしれない。

——私は昔から、何かに向きあったときは、たとえそれが小さな蟻であっても、ただもう一生懸命に見る人でした。「心を込めて見れば、見たものが自分の中に入ってくる」と母がよく申しておりましたが、それはほんとうですね。一心に見つめたものを、私は忘れるということがありません。

一方でミホさんは、そうした磁力とはうらはらに、人をはじくような、孤高の空気もまとっていた。それもまたオノさんから受けた感じと共通する。

理屈を言わない砂守さんは、それきりオノ・ヨーコの話をやめてしまった。それでこの話はずっと忘れていたのだが、最近になって思い出したのは、この旅のときにポケットに入れて持ち歩いていた手のひらサイズのノートが出てきたからだ。そこに砂守さんの言葉がメモしてあった。

ノートを見つけたのは、二〇一六年秋に刊行したミホさんの評伝『狂うひと「死の棘」の妻・島尾ミホ』で使った資料の整理をしていたときで、奄美群島の地図や、バスとフェリーの時刻表、お土産のレシートなどと一緒に、「その他」というラベルを貼った整理カゴに入っていた。取材ノートとは別に、島の風景や食べたもの、使ったお金や出会った人などについてその時々にメモしていたもので、カゴの底で眠ったままになっていたのだ。

久しぶりにページを繰ってみたら、加計呂麻島に行く前の日に、名瀬で九十歳のユタ（卜占《ぼくせん》や口寄せ、呪術などを行う民間の霊能者）の女性を訪ねて占いをしてもらったときのメモもあった。そこには「旅の女」とひとことだけ書いてあった。

ユタガミサマ（地元の人はそう呼ぶ）はまず祭壇に向かって祝詞のようなものを唱えたのだが、そのとき「旅の女に……」「旅の女が……」というフレーズが何度か聞こえたのだ。私が島の人間ではないということを神様に告げたのだろうか。あるいはもしかすると、この世の者はみな旅の途上にあり、誰でもが「旅の女」「旅の男」だということなのか——その夜、遅くまでにぎわう名瀬の飲み屋街、屋仁川通りの端にあるホテルで、そんなことを考えながら眠りについたことを思い出した。

そういえばこの夜は、砂守さんが屋仁川通りの反対側の端にある、昔の遊郭の跡に連れて行ってくれたのだった。名瀬で育った砂守さんは、この街のことを何でも知っていた。

飲食店が途切れた少し先に、古い大きな木造の建物が、黒いシルエットになってたたずんでいた。建物の中は真っ暗で、その前の通りには誰も歩いていなかった。

おそらくあそこにも、かつて「旅の女」が大勢いたに違いない。

＊

加計呂麻島にはフェリーで渡ることもできるが、海上タクシーなら目的地の海岸に直接つけてくれる。あの日、古仁屋港から私たちが乗った海上タクシーは「とびうお号」といった。加計呂麻島に行くときはいつもこの船に乗っているとミホさんから聞いて、港に並んでいた海上タクシーの中から選んだのだ。

海峡の半ばあたりまで来たとき、逞しく日に焼けた五十がらみの操舵手が、片手で一冊の本を渡して寄こした。島尾ミホ・石牟礼道子の対談集『ヤポネシアの海辺から』だった。潮をかぶってごわごわになった表紙が波打っている。

「五十三ページのとこ、線が引っぱってあるでしょ。そこが好きなんだよね」

開いてみると、赤いボールペンで線が引いてあった。その部分にはこうあった。

〈島尾がよく申していました。「人間は何百年も生きられるわけじゃないから、僕とミホはせいぜい長くても後何十年だから、この一瞬一瞬を大切にしましょうね」って、常々申しましてなるべく一緒にいる時間を一分でも長くしましょうね」とお互いがつとめました。こんなに早く別れてしまいましたから、ああ、ほんとうにそうでした、と思います〉

ミホさんは島尾が没してから毎年、八月十三日になると、加計呂麻島に渡った。昭和二十年のこの日、島尾の部隊に特攻戦が下令されたのだ。

島尾隊長と恋仲になっていたミホさんはその夜、出撃を見届けてから後を追って死のうと、亡母の喪服を着て海岸伝いに呑之浦に向かった。部隊を抜けてきた島尾と短い逢瀬を持った後、島尾から形見にと渡されていた短剣を手に、海に目を凝らして砂浜に座り続けたという。

結局、発進の最終命令は出ず、即時待機状態のまま八月十五日がやってきた。死を前提にした恋は、生の方向に舵を切ったのである。二人の運命を決定づけたその夜と同じように、ミホさんは毎年、明け方まで呑之浦の浜辺に正座し、海を見つめ続けるのだという。ミホさんの家を辞するとき、このあと呑之浦に行ってきますと私が言うと、彼女は笑って「あそこは私の古戦場です」と言った。

その呑之浦に、海上タクシーは近づいていく。リアス式海岸特有の、海から直接山が立ち上がったように見える緑濃い岬が眼前に迫ると、船はスピードを落とし、細長い入り江の奥へと進んでいった。上陸したのは、桟橋などない石混じりの砂浜で、梯子を使って船から降りた。

呑之浦の海は、二つの岬にはさまれて湖のようにしんとしていた。波はほとんど立たず、水面がわずかにふくれあがっては元に戻ることを繰り返すだけだ。外洋からはもちろん、海峡からの風も届かない。

外部から隔絶されたこの淀みの中で、島尾とその部下たちは、ベニヤ板でできたあのちっぽけな船——奄美に来る前に私は東京・恵比寿にある防衛省の戦史部に出かけ、震洋艇の古い写真を見てきていた

――で敵艦に突っ込む訓練を繰り返していたのかと思うと、奇妙な気持ちになった。

震洋艇は、一人乗り（指揮官艇のみ二人乗り）のモーターボートで、全長は五ないし六メートル。動力には自動車（トラック）のエンジンが転用された。舳先に二百五十キログラムの炸薬を装塡しており、そこに衝撃が加わって凹《へこ》むことで電気回路が形成されて爆発する仕組みである。つまり体当たりが前提で、正式には舟艇ではなく兵器の扱いだった。島尾の戦後のエッセイによれば、ぶつかる直前に舵を固定し、搭乗員は海に飛び込んで退避してよいと聞かされていたが、それはほとんど不可能で、そのまま突っ込むことを前提に訓練が行われていたという。

震洋は同時期に海軍が特攻に使用した回天（いわゆる人間魚雷）や蛟龍《こうりゅう》（特殊潜航艇）にくらべて製造が容易だったため、本土の太平洋岸、小笠原諸島、奄美群島、沖縄、フィリピン、台湾、韓国の済州島などに計百か所以上の基地が作られた。一隻あたりの命中率は低く見積もられており、回天の1／3に対して、震洋は1／10だったという資料もある。そのため多数のボートで一斉に標的に殺到して体当たりする作戦がとられ、ひとつの基地に大量の艇が配備された。

訓練を見たことがあるというミホさんによれば、ベニヤ板製の軽い船体に二百五十キロもの炸薬を積んでいた震洋艇は、海に浮かべたら全速で走らないと沈んでしまうので、航行中はずっと飛行機のような爆音を立てていたそうだ。

呑之浦の海岸に立ったとき、なるほどこの地形なら、予備艇を含めて五十隻あったという特攻艇を隠匿しつつ訓練するのに最適だったろうと思った。だが呼吸するように上下する海面以外、すべてが静止しているこの海で、自殺艇（と島尾は呼んだ）がしぶきを上げ、爆音をひびかせて縦横に駆けまわる光景を想像するのはむずかしかった。

沖縄が陥落し、米軍機の来襲がひんぱんになると、上空から艇を発見されることを怖れて訓練は夜間だけになった。現実に戦闘になった場合も、発進命令が下るのは夜になるはずだった。夜陰に乗じて出撃するのである。

だが夜間は、震洋艇の振動で夜光虫が光を発してしまう。夜光虫は物理的な刺激によって発光するのだ。ミホさんによれば、そのために艇が立てる波が光の尾を引いて、敵に発見されやすくなることを島尾は怖れていたという。

きらめく艇尾波を引きながら漆黒の海面を全速力でゆく、おびただしい数の小さなボート。そこに乗っているのは死を約束された若者たちである。結局はミホさんが見ることのなかったその光景は、禁忌にふれる美しさであったことだろう。その夜に泊まった加計呂麻島の宿はすぐ目の前が海で、私は生まれて初めて明滅する夜光虫を見たのだが、その青白い光はどこか禍々《まがまが》しく思えた。

＊

「とびうお号」が接岸した呑之浦には、島尾敏雄の文学碑が建てられていた。ちょうどそのあたりに、島尾隊の本部があったのだという。

そこから汀線に沿って北へ歩いていくと、海岸の低い崖に穿《うが》たれた横穴が、海に向かって黒々と口をあけているのに出くわした。震洋艇の格納壕である。資料によれば全部で十二あったということだが、確認できたのは数個だけだった。

もっともよく往時の姿をとどめている壕の中に、震洋艇のレプリカが置かれていた。映画『死の棘』で使われたものである。調べてみると、日本国内に震洋艇は現存しておらず、実物を見られるのはオーストラリアのシドニーにある戦争博物館だけとのことだった。

コンクリートで馬蹄形に固められた入り口をくぐり、中に入ってみる。もともとは三、四艇を縦に格納していたというから、かなりの奥行きがあるはずだが、途中で天井が崩れ落ちていて、先に進むことはできなかった。

ミホさんへの取材は、このときを皮切りに計四回行ったが、最後のインタビューのとき、彼女は呑之浦の第一艇隊第一番壕の中で死ねれば幸せだと言っていた。島尾の部隊の特攻兵は第一艇隊から第四艇隊までに分かれており、島尾は全体の隊長と第一艇隊の艇隊長を兼務していた。ミホさんが言った第一艇隊第一番壕とは、島尾の乗る第一番艇が格納されていた壕のことである。

毎年八月十三日には明け方まで呑之浦の砂浜で正座して過ごしていたことといい、震洋艇の格納壕で死にたいと言っていたことといい、ミホさんの言動は、第三者から見ればいかにも芝居がかっていたが、彼女はいつも本気だったのだと思う。島尾に先立たれてからのミホさんは、過去の陶酔に繰り返し戻っていくことで、夫のいない世界をかろうじて生きていたのだ。

小石の多い海岸をさらに歩く。呑之浦は、島では「ヌンミュラ」と呼ばれていたそうだ。この入り江に並んだ浜のひとつひとつに住民たちは名前をつけていて、ヌンミュラの北側の浜はナゴといった。さらにサトッラ、スンギハマ、クニブドキバマ、ヌンミュラタガンマ、サガシバマと続き、その先に部隊の北門があった。海に突き出した岬の突端に近いそのあたりまで行くと、視界が開け、よどんでいた空気が動き出すのがわかる。

島尾は呑之浦でミホさんにおびただしい数の手紙を書いたが、それとは別に、和綴じのノートにさまざまな文章を記して彼女に捧げた。ミホさんの没後に奄美の自宅から見つかったもので、その内容は、島尾の全集にも収録されていない。このノートの中に、この場所――北門のあるあたり――のことを書いた一節がある。

其処に行くと心に翼が生えるやうな気がした。殊に風の強い日だの、いくらか険悪な空模様の時に一層そんな気がした。そゝこからは向ひの大きな島が見えた。雨後のすみきつた空気の中では泳いで行けさうな近さに向ひの島の町が見える。焼玉船で三十分もあれば行けたのだが今ではもうとても行けさうにもない情況になつてゐる。郵便船が待遠しいなどゝ岬に佇んだ若者のゐたやうなときもあつたのだ。

今ではそこゝに立つてゐるとその町に、二十数機の敵機が編隊でやつて来て順繰りに爆弾を投下して行くのを見たりする。眼に見える限り濛濛とした煙で島は覆はれてしまふ。地獄のやうな地鳴りが、るる、るるん、るるんと海を越してこちらに伝はつて来る。劫火が町をなめつくす。夜の大文字山のお祭の火のやうに無感覚にもえてゐる。もし向ひの島に渡らうとすれば小舟に乗つて夜陰に乗じなければならない。今はそんな風になつてゐる。そこゝといふのは隊の北門に当るところだ。丁度折釘のやうに入江は北に向つて海峡に面してゐた。釘の折れた所が眼先が開け、せまい入江からそこに行くと幸せ《しあは》の小鳥が向ひの島かげに向つてぱつと飛立つやうに心のむすぼれがほどけたものだ。

「古仁屋を眺めて」と題された文章の一部である。日付はないが、前後の文章に記された日付から、昭和二十年七月に書かれたものと推測できる。全体に×印がついているので、自分では気に入らなかったのかもしれないが、世界が静止したような入り江の内側から出て、海峡を渡る風に身体をさらすときの解放感が伝わってくる。

だが、着任当時は平和だった海峡の向こうの古仁屋の町が、沖縄が陥落したこのころになると、米軍の爆撃を受けて焼かれていく。それを対岸から眺める島尾の心情はどのようなものだったろう。この文章の三ページ後には、「モウ誰モ信ジナイ、広イ世ノ中ニボクノ味方ハオ前ダケダ／ボクニハ　ボクノ任務ト　オ前ダケシカ　コノ世ノ中ニハナイ」という文章がある。

＊

北門を過ぎたあたりが、ミホさんと島尾の逢瀬の場所だった。砂守さんと私はそこまで行こうとしたが、ところどころ海にせり出している大きな岩を越えるのに難渋しているうちに潮が上がってきたので、これは無理だとあきらめて引き返した。本当は、岬の鼻をぐるっと回って、戦時中にミホさんが住んでいた押角《おしかく》（地元の人は「ウシキャク」と呼ぶ）の集落まで行きたかった。この海岸は、ミホさんが島尾との逢瀬のために通っていた路なのだ。さっき名瀬の自宅でその話を聞いてきたばかりだった。

私のメモノートには、「とびうお号の人、危ないからやめなさいと言う」とある。船の中で操舵手の男性に、呑之浦から押角まで歩きたいと言ったら、無謀だと止められたのだ。「でもミホさんは何度も歩いていたんですよ。それも夜に」と言うと、彼は信じられないと言って首を振った。

——磯を伝っていくのですが、暗いので何も見えないんです。すぐ目の前も見えません。せり出している岩を手でさわって、足は海の底をさぐって……。途中に、葉に棘のあるアダンという木が生えているところがあるんです。棘が手に刺さると「ああ、ここはアダンがあるからタハンマの下だわ」と、そんなふうに判断しながら進んでまいりました。

　一段高くなったところに家があって、その下が石垣になっている場所もありました。そこの石垣を手で確かめながら進んでいて、ハブにさわってしまったこともあります。石の隙間にはよくハブがいるんです。でも、心の綺麗な人をハブは嚙まないと子供のころみんなが言っていたので、怖くはありませんでした。

　島尾と会ってどんな話をしていたか、ですか？　あのね、私たち、話はいたしませんでしたの。何時間でも黙ったまま、並んでただ海を見ておりました。島尾は岩の上に足を投げ出して座って、私は横で正座して。

　夜が明けてくると、対岸のキャンマ山の上に明るい星が輝きます。

そうしますと私は「明けの明星が出ましたので、失礼させていただきます」と言って立ち上がります。島尾は「そうですか」と。それで終わりです。

島尾はのちに作品の中で、ミホさんの夜ごとの訪問を「浦巡りのしごと」と呼んだ。潮の低い時間を調べてミホさんを呼び出していたが、あるとき潮汐表を読み間違えて、満潮の時刻を指示してしまったことがあった。ミホさんは全身ずぶぬれになり、岩で手足を傷つけながら、四、五時間もかかってようやくたどり着いたという。

私はその後、何度目かに加計呂麻島に渡ったさいに、再度この海岸線を押角まで歩こうとしたことがある。そのときは地元の人が案内を買ってくれたのだが、足場の悪さと満ちてくる潮の速さに危険を感じ、やはり途中で引き返した。その後、何度も加計呂麻島を訪れているが、まだ一度も歩き通せたことはない。

このとき持っていたメモノートにはビニールのポケットがついていて、そこに飛行機のチケットの半券が入っていた。奄美―那覇の便である。加計呂麻島に泊まった翌日、別の仕事の取材で那覇に飛んだのだ。

小さなプロペラ機だった。飛び立ってしばらくすると、眼下に加計呂麻島が見えた。低いところを飛んでいるので、海岸に打ち寄せる波の白さまでがわかる。呑之浦の位置を目で探していると、海べりの小さな集落と、その背後の山をつなぐようにして虹がかかっていた。

あれから十二年がたった。いまミホさんは呑之浦の文学碑の後ろにあるお墓に眠っている。ミホさんが抱いて寝ていた島尾の遺骨、そしてミホさんより先に亡くなった長女のマヤさんの遺骨も納められている、親子三人の墓である。

何とかして岬を越えようと、足もとを海水で濡らしながら一緒に磯を歩いた砂守さんも、あのときから四年後に、がんで亡くなってしまった。私の手元には、砂守さんの撮った写真のネガがそのままある。

結局、あの日のインタビューが雑誌に載ることはなかった。

黒いベールをかぶって喪服を着たミホさんのポートレート（島尾の死から自分の死までの二十一年間、ミホさんは人前では喪服で通した）、インコのクマを肩に乗せたミホさんと私が並んでいる写真、そして、ゴツゴツした岩が海にせり出し波が打ち寄せる、呑之浦と押角を結ぶ海岸の写真……。

今月また加計呂麻島へ行く。もう十数回目になるはずだ。今度こそあの岬を越え、ミホさんの浦巡りの通い路を最後までたどることができるだろうか。

本書は、株式会社筑摩書房のご厚意により、ちくま文庫『好きになった人』を底本としました。但し、頁数の都合により、上巻・下巻の二分冊といたしました。

好きになった人　上
（大活字本シリーズ）

2022年5月20日発行（限定部数700部）
底　本　ちくま文庫『好きになった人』
定　価　（本体2,600円＋税）
著　者　梯　久美子
発行者　並木　則康
発行所　社会福祉法人　埼玉福祉会
埼玉県新座市堀ノ内3—7—31　〒352—0023
電話　048—481—2181
振替　00160—3—24404
印刷製本所　社会福祉法人　埼玉福祉会　印刷事業部

ISBN 978-4-86596-516-2

大活字本シリーズ発刊の趣意

現在，全国で65才以上の高齢者は 1,240 万人にも及び，我が国も先進諸国なみに高齢化社会になってまいりました。これらの人々は，多かれ少なかれ視力が衰えてきております。また一方，視力障害者のうちの約半数は弱視障害者で，18万人を数えますが，全盲と弱視の割合は，医学の進歩によって弱視者が増える傾向にあると言われております。

私どもの社会生活は，職業上も，文化生活上も，活字を除外しては考えられません。拡大鏡や拡大テレビなどを使用しても，眼の疲労は早く，活字が大きいことが一番望まれています。しかしながら，大きな活字で組みますと，ページ数が増大し，かつ販売部数がそれほどまとまらないので，いきおいコスト高となってしまうために，どこの出版社でも発行に踏み切れないのが実態であります。

埼玉福祉会は，老人や弱視者に少しでも読み易い大活字本を提供することを念願とし，身体障害者の働く工場を母胎として，製作し発行することに踏み切りました。

何卒，強力なご支援をいただき，図書館・盲学校・弱視学級のある学校・福祉センター・老人ホーム・病院等々に広く普及し，多くの人人に利用されることを切望してやみません。